그럭저럭
살고 있습니다

그럭저럭
살고 있습니다

오미야 에리 지음 ─ 이수미 옮김

샘터

차
례

기억이 없다

요즘 나 자신도 놀랄 만큼 기억을 잘 잃는다. 술 마신 다음 날, 아침에 일어나 트위터를 보고 깜짝 놀랐다. 지난밤 속보라며 누가 트위터에 이렇게 지껄여놓았다.

오미야 에리 속보!

'지금 술 취한 오미야 에리가 자기 맥북 에어에 카레를 끼얹었습니다. 하얀 애플 마크가 밥인 줄 알고 끼얹은 듯.'

눈을 의심했다. 전혀 기억이 나지 않았다. 어제는 뮤지션인 나나오 타비토 씨의 라이브 뒤풀이에 참석하여 중국식 샤브샤브인 훠궈를 먹었었다. 다급해진 나는 당장 친구에게 전화를 걸었다.

"어떻게 된 거야? 우리 훠궈 먹지 않았어? 그런데 웬 카레?"

그러자 친구가 말한다.

"어? 에리짱, 기억 안 나? 2차로 다 같이 패밀리레스토랑에 갔었잖아."

패밀리레스토랑? 듣고 보니 그런 것 같기도 했다. 식사가 끝난 후 다들 파르페가 먹고 싶다고 했던가? 조금씩 생각나기 시작했다. 내 앞에 나란히 앉은 남자들이 파르페를 주문하고, 나는, 나는…… 닭똥집이 먹고 싶은데 말을 꺼내지 못해 메뉴만 들여다보고 있었다. 술을 더 마시고 싶은데, 화이트와인을 한 잔 시키면 빈축을 살까? 그런 생각을 하며 메뉴에 있는 닭똥집과 오징어링 사이에서 갈등했던 것 같다. 기억은 거기까지였다. 그 후에 어떻게 됐을까? 술은 마셨나? 그런데 왜 카레지? 그러고 보니 눈앞에 타비토 씨가 있었던 것 같은…….

타비토 씨가 "라이브 뒤풀이 때 천천히 이야기합시다"라며 나를 초대한 것이었다. 즉, 어제의 술자리가 첫 만남이었다는 뜻. 이번 기회에 친해지고 싶었는데, 타비토 씨가 보는 앞에서 나는 내 노트북에 카레를 천천히 붓고 말았다. 하얀 애플 마크가 밥인 줄 알고. 최악이다. 없던 정도 떨어질 게 뻔하다.

"타비토 씨, 실망했겠지……. 그치? 나한테 정이 뚝 떨어졌겠지?"

나는 휴대폰을 꼭 잡고 친구에게 매달렸다. 기억을 못하는 사람은 주변의 증언에 의존할 수밖에 없다.

"그렇진 않을 거야. 그냥 웃고 있었던 것 같아."

웃고 있었던 것 같다니, 명확하게 말해주지 않으면 불안하다.

"거짓말이지? 날 위로하려는 거지!"

친구는 어제 일을 떠올리며 웃었다.

"뭐가 제일 우스웠냐면, 보통은 퍼뜩 정신이 들었을 때 노트북 걱정을 하기 마련이잖아? 어떡해! 내가 무슨 짓을 한 거야. 노트북 괜찮을까? 하고 말이야. 그런데 에리짱은 하얀 애플 로고가 밥이 아니라는 사실에 낙담했어. 못 먹는 거야? 카레가 아까워, 하면서 슬퍼했어."

왜 이렇게 식탐이 많은 것인가. 기억에 없는 내 모습이 놀랍기만 했다. 주위 사람들도 깜짝 놀라 한순간 동작을 멈췄다가 바로 정신을 차리고 급히 노트북을 닦아줬다고 한다.

"그래도 있잖아, 카레를 붓는 에리짱의 손놀림이 나긋하고 정말 섹시했어."

그런 위로는 필요 없다. 나는 친구에게 "잠깐만 기다려봐" 하고 전화기를 내려놓고는 가방에서 노트북을 꺼냈다. 방금 들은 이야기가 실제로 있었다는 걸 확인하기 위해서다. 노트북에 진실이 새겨져 있을 터.

노르스름해진 애플 마크. 스티브 잡스가 보면 깜짝 놀랄 거다. 잡스, 미안. 그때 염주처럼 줄줄이 이어진 수많은 영수증이 노트북에 딸려 나왔다.

"뭐야, 이거?"

최악이다. 울고 싶어진다. 그뿐만이 아니었다.

"또 에리 씨가 점원을 선생님이라 부르는 거예요. 저요, 하고 손을 들더니, '선생님! 생강절임 주세요!' 하니까 점원이 '지금 먹고 있잖아요!' 하고, 그러면 에리 씨가 '아, 정말이다!' 하고 놀라요. 이걸 여섯 번 반복했어요, 콩트처럼."

이 정도면 술 취한 게 아니라 병 아닌가?

기억이 없다 2

요즘 날씨가 무척 좋다. 대낮부터 맥주 한잔 마시고 싶어질 정도로 쾌청하다. 공원에 드러누워 뒹굴고 싶은 기분. 날씨가 좋으니까요……. 그런데 날씨와는 상관없이 한겨울 어느 날 길거리에 드러누운 적이 있는 모양이다. 기억에는 없지만…….

그 사실을 알려준 사람은 뮤지션인 사이토 카즈요시다. 아침에 잠에서 깼을 때 눈앞에 신발이 있었다. 현관에서 잠든 것이었다. 깜짝 놀랐지만 무슨 일이 있었는지 도무지 기억이 나지 않았다. 나중에 사이토 씨가 그 밤에 있었던 일에 대해 알려주었다.

그날 밤 같이 마시다가 내가 먼저 돌아가고 사이토 씨는 릴리 프랭키 씨와 좀 더 마셨다고 한다. 헤어지고 돌아가는 길에 택시를 잡아타고 비탈길을 달리는데 도롯가에 사람이 쓰러져 있었다.

"이런 한겨울에 괜찮을까? 하고 보는데 왠지 에리를 닮은 것 같은 거야. 택시에서 내려 가까이 가봤더니 정말로 에리였어."

너무 취해 집으로 가는 비탈길을 오르기 힘들어서 무릎을 꿇고 그대로 쓰러져 잠들어버린 모양이다.

"에리 집까지 질질 끌어다 데려다줬어. 기억나?"

전혀 기억에 없다. 길바닥에서 잤다는 것조차 몰랐다. 나는 너무 부끄러워 눈물이 날 것 같았다.

"아무리 깨워도 안 일어나서 질질 끌다시피 했지. 에리 집이 또 2층이라 계단에선 그냥 밀어 올렸어."

정말 너무 미안해서 귀를 막고 싶었다. "미안, 미안!" 하고 사과하니 웃으며 이렇게 덧붙이는 것이다.

"와아, 재미있었어. 열쇠가 없다면서 한참을 뒤지다 겨우 찾았는데, 너무 취해서 열쇠 구멍에 못 넣고 여기저기 찌르더라고. 엉뚱한 벽을 쿡쿡 찔러대는 걸 옆에 서서 한참 구경했지. 재미있었어."

나라는 사람은 대체 뭐하는 인간이지? 잔뜩 풀이 죽은 나에게 사이토 씨가 마지막 일격을 가한다.

"그러다 결국 울더라."

이렇게 말하고 크크크 웃었다.

"엉? 울었어?"

"아무리 해도 열쇠가 안 들어가니까 울음을 터뜨리면서 이렇게 말하더라고. 사이토 씨, 나는 열쇠도 못 찌르는 여자야!"

가슴이 쓰렸다. 폐를 끼쳐 미안한 것도 있지만, 그보다 기억에 없는 나 자신이 너무 처량하여 더 가슴이 아픈 것이었다. 열쇠도 못 찌르는 여자…… 굉장한 걸 암시하는 표현이다. 문이 절대 안 열린다는 뜻 아닌가? 아무리 발버둥쳐도 행복해질 수 없는 여자라는 뜻으로 들리는 걸 어떡해.

"그래서 어떻게 했어요?"

내가 망연자실한 표정으로 물었다.

"재미있어서 한참 구경했는데 조금 불쌍한 거야. 내가 열쇠로 열고 에리를 안에 넣어줬어."

아아, 거기까지, 이제 됐어요. 그래서 거기서 자고 있었구나, 신발이랑 뒤엉킨 채.

사이토 씨와 관련해선 나한테 전과가 있다. 예전에 앨범 녹음 중이니 놀러 오라는 전화를 받고 마침 술을 마시고 있었는데도 불구하고 잠시 후에 가겠다고 대답했다. 그 잠시는 결국 두 시간이었고, 그동안 꽤 많이 마셔버렸다. 그 상태로 스튜디오에 갔다. 아니, 간 모양이라고 말하는 게 정확하다. 여기서부터는 사이토 씨의 증언을 토대로 재현한 문장이다. 그때 스튜디오에서는 심각한 분위기로 믹스 작업을 진행하고 있었고, 다들 날카로운 상태였다고 한다. 거기에 잔뜩 취한 내가 갑자기 들이닥친 것이다.

"다 됐어?! 들려줘!"

스튜디오 마룻바닥에 책상다리로 털썩 앉은 나. 소속사 사람들이나 프로듀서들은 모두 소파에 품위 있게 앉아 있었는데.

떼를 쓰기에 할 수 없이 들려줬더니 내가 "좋다! 잘 팔리겠다!"라고 했다고…… 이 시점에 이미 죽고 싶다고 생각했다. 그런데 사이토 씨가 한발 더 나간다.

"왜 그런지 에리가 침을 질질 흘리는 거야. 우리가 더럽다니까 '아, 어떡해!'라고 하더니 자기 손을 그릇처럼 받치고 침을 받으면서 계속 이야기하더라."

사이토 씨는 재미있어 죽겠다는 듯 껄껄껄 웃었지만 내 얼굴에선 덜덜덜 경련이 일었다.

"그래서 나중엔 어떻게 됐어요?"

주뼛주뼛 물었다. 수억 엔이 넘는 믹싱 콘솔에 턱을 괴고 침을 흘리려 하기에 더 이상 안 되겠다 싶어 사이토 씨의 제안으로 작업을 마무리하고 차 조수석에 태워 집까지 데려다줬다고 한다.

"조수석에 앉자마자 입 벌리고 자던걸. 내가 택시냐?"

이때 나는 맹세했다. 앞으로 술을 절대 안 마시겠다고…… 꽤 오래전의 일이고 그 후로 한동안 술을 자제했지만 최근에 또 술을 마시고 필름이 끊겼다.

"있잖아, 아침에 일어나서 보니 코가 조금 빨간 거야. 어제 무슨 일 있었어?"

타블라 연주자인 유잔에게 별 생각 없이 물어보았다. 그러자 "아, 어제?" 하더니 경악스러운 사실을 알려주었다.

"3차로 갔던 술집에서 에리쨩이 내 담배에 관심을 보이는 거야. 피우고 싶다면서. 내가 말렸는데도 말을 안 듣고 내 담배를 빼앗아서……."

놀랐다. 나는 지금까지 담배를 한 번도 피운 적이 없다.

"어물어물하다가 입에 어색하게 물긴 했는데, 왜 그러는지 담배가 아니라 코에 불을 붙이는 거야……."

말문이 막혔다. 내가 무슨 짓을 한 거지?

"에리쨩, 울었어. 코가 뜨거워, 뜨거워 하면서 울더라. 라이터로 코 굽고 우는 사람 처음 봤어……."

당연히 그랬겠지. 깜짝 놀랐겠지. 나는 대체 뭘 하고 싶었던 걸까?

"담배 피워보고 싶었나 봐."

유잔이 시선을 멀리 주며 또 담배에 불을 붙였다.

어느 날 늦은 밤에 친구와 단골 이탈리안 바를 찾았다. 옛날에는 자주 왔었는데 최근 들어 꽤 오래 발을 끊었던 터라 조금 신경이 쓰였던 곳이다.

"사장님, 죄송해요. 지진 이후로 한 번도 안 왔네요. 벌써 1년 반이나 지났어요."

고개 숙인 사장의 표정이 어쩐지 미묘하다. 역시 화났나? 나는 다시 한 번 사과의 말을 올렸다.

"죄송해요, 앞으로는 자주 올게요."

그러자 사장이 말했다.

"아뇨…… 그게 아니라…… 그…… 에리 씨, 오셨습니다."

엉? 무슨 말이지? 사장이 송구스러운 듯 얼굴을 들고 다시 말을 이었다.

"에리 씨는 안 오셨다고 생각할지 모르지만, 몇 번쯤, 오셨습니다…… 필름이 끊긴 상태로."

한동안 금주하겠습니다.

단식 중입니다만

어느 카메라맨이 단식을 해보지 않겠냐고 제안했다.

"단식?"

그는 1년에 한 번 단식을 한단다. 그의 집에 친구를 불러 모으고 전문 강사를 초빙하여 단식과 전후 기간의 식사 조절과 요가 강습을 받는 총 5일간의 프로그램이라고 한다.

"어떤 점이 제일 좋은 줄 알아? 숙변이 놀랍도록 많이 나와!"

그렇게 말하면서 아이폰으로 촬영한 자기 변을 보여주었다.

"사람에 따라서는 길이가 2미터나 되는 고구마 덩굴 같은 게 나오기도 한대!"

나는 깜짝 놀랐다. 숙변의 길이에 놀란 게 아니라, 그가 싱글벙글 웃으며 자기 변을 보여줬다는 사실에.

"창자에 구멍이 많이 나 있는데, 거기 숙변이 쌓이는 거래. 요가로 기초대사량을 높이면서 단식으로 장을 깨끗이 비우면 딱 달라붙어 있던 변이 한꺼번에 빠져나와!"

그는 기쁨에 겨운 목소리로 이렇게 말하고는 사랑이 가득한 눈길로 자기 숙변을 응시했다.

그로부터 며칠 뒤 어느 음악가에게 또 이런 말을 들었다.

"에리짱, 단식 한번 해봐."

또, 또야? 더 깜짝 놀란 건 그 역시 아이폰을 꺼내들었다는 사실 때문이다.

"굉장하지?"

나무젓가락으로 변기에서 어떤 물체를 집어 올리는 사진이었다. 기다란 후릿그물처럼 생긴 변이었다.

"내 숙변 대단하지? 이런 게 쌓이면 당연히 몸에 안 좋아."

그도 사랑스럽다는 듯 자기 숙변을 바라보았다. 어쩌면 귀청소를 한 직후와 비슷한 심정일지 모른다고 추측했다. 귀를 파서 귀지가 나오면 휴지에 올려놓는다. 큰 게 나오면 왠지 대어를 낚은 것 같다. 이 같은 감각이라고 생각하면 자기 몸에서 나온 숙변이 너무 자랑스러워 남에게 보여주고 싶은 마음을 이해할 수 있을까? 아냐, 다르지. 귀지는 귀엽지만, 똥은 역시 거부감이 든다.

아무튼 두 사람의 말로는 피부가 깨끗해지고 컨디션이 눈에 띄게 좋아진다고 한다. 둘 다 원래 다이어트 때문에 시작했단다. 프로그램에 한 번 참가하여 무려 15킬로나 빠졌다고 하니 대단하다. 숙변이 15킬로나 되는 건 아니고, 장이 깨끗해지므로 기초대사량이 오르고, 요가로 이너머슬이 단련되니 또 대사량이 오르고, 거기에다 식사까지 제한하니 체중이 술술 빠진다는 것이다.

"꼭 하는 편이 좋아!"

그들의 강력한 권유도 있었지만 나는 최근 술자리에서 비정상적으로 기억을 잃은 경험(화이트와인 한잔을 마시고 필름이 끊겼다) 때문에 불안하기도 하여 단식 프로그램에 한번 참가해보기로 결의했다. 젊음을 되찾으면 분명 술도 다시 세질 것이다.

설명회 때 배포한 자료를 읽으며 나는 앗! 하고 소리 질렀다. 강사가 왜 그러세요? 하고 물었다.

"저기, 술 마시면 안 된다고 적혀 있는데요……."

거기 있는 사람 모두가 즉답했다.

"당연하지. 단식이야."

"어? 단식은 안 먹는다는 뜻이잖아? 마시면 안 된다는 말은 못 들었어."

내가 그렇게 따지자 다들 기가 막힌다는 듯 어깨를 움츠렸다.

"단식은 몸에 들어올 수도 있는 자극 물질을 차단하여 몸속을 깨끗이 만들기 위한 작업이에요. 알코올은 더할 나위 없는 자극 물질이죠?"

강사 선생이 친절하게 설명해주었다. 역시 단식 중에 술을 벌

컬벌컥 마시는 건 이상한가? 그런데도 나는 기어코 묻고 말았다.

"선생님, 한 방울도 안 되나요?"

분위기가 얼어붙는 게 느껴졌다. 강사는 자료를 바닥에 조용히 내려놓고 말했다.

"에리 씨, 한 방울 마셔서 어쩌려고요?"

그러게. 한 방울 마셔서 어쩌려는 걸까?

"알코올 중독이네요."

술에 미련을 보이는 바람에 알코올 중독으로 오해받고 말았다. 아니다! 안 마실 때는 안 마신다. 친구와 마시는 게 좋을 뿐이다. 게다가 부끄러움이 많아서 누군가와 식사할 때 술이 없으면 조금 힘들다.

"그렇다면 명백한 의존증이에요!"

수줍음을 감추려고 술을 이용하는 건 알코올 의존증이라고 선생이 단언했다.

"그것도 이참에 고칩시다. 술이 없어도 당신은 당신이에요."

알아, 알지만……. 역시 술을 마셔야 대화도 잘 풀리고 상대도 즐거울 것 같다.

"술을 안 마셔도 편안한 마음으로 대화할 수 있도록 단련합시다."

절대 마시면 안 되는 모양이었다.

뇌경색을 앓은 후로 의사에게 처방받아 먹는 약이 열 종류나 된다는, 잡지사에 다니는 남성도 있었다.

"약에 의존하지 않는 건강한 몸을 되찾읍시다."

의존을 증오하는 강사. 그런데 약을 끊어도 괜찮나?

강사가 한 사람 한 사람 문진했다. 마지막 차례가 나였다. 몸 여기저기를 문지르며 진단하다가 아무래도 배가 의심스러운지 한참을 만진 끝에 하는 말.

"이곳에 수강생 여덟 분이 계시는데, 그중에 에리 씨가 제일 안 좋아요."

뭐? 나는 건강검진에서도 걸린 적이 없는데! 다른 사람들은 한 가지씩 문제가 있었잖아.

"장이 뒤틀려 있어요. 변비가 심할 것 같은데, 어릴 때부터 그러지 않았나요?"

정확하다.

"또 술을 너무 많이 마셔요. 췌장이 딱딱해져 있어요. 알코올은 뇌간을 통해 뇌로 가거든요. 기억이 잘 나지 않을 때가 있지 않나요?"

이것도 맞다.

"이대로 가면 뇌경색으로 발전할 가능성이 커요. 위험할 뻔했어요."

강사가 뇌경색을 앓았다는 남성에게 눈길을 주며 말했다.

"저분도 고생하고 계시잖아요. 이것도 인연이네요."

남성이 내게 약을 보여주며 정말로 조심하라고 조언한다. 그만해! 나는 건강하다고! 믿을 수 없어!

"자, 죽을 나눠드릴게요."

강사가 포장된 즉석 죽을 나눠주었다. 완전한 절식은 하루뿐, 그 전후로는 죽을 먹는다. 밥공기 분량에서 시작하여 점점 줄여나가 단식 하루 전 밥공기 3분의 1을 한 끼로 먹고, 다음 날에 완전 단식, 다시 3분의 1로 돌아가는 식으로 늘려간다.

"요즘 젊은이들은 갑자기 절식을 하니까 요요가 일어나는 거예요. 효소랑 소금도 나눠드릴 테니 어지러우면 보충하세요."

참으로 대단한 일이 시작되려 한다. 소금을 보충하다니. 등산이라도 하는 것 같다. 나는 과연 정상까지 오를 수 있을까? 오리엔테이션이 끝난 후 강사가 산 정상의 경치에 대해 언급하며 다시 한 번 기대감을 심어주었다.

"끝까지 해내는 분에겐 정말 깜짝 놀랄 일이 기다리고 있답니다. 엄청난 숙변이 나오거든요. 에일리언 머리 같은 게 나오는 사람도 있어요! 기대하세요!"

산꼭대기엔 똥만 있다.

단식 중입니다만 (속편)

5일간의 단식 프로그램. 매일 아침 8시에 친구 집으로 가서 단식 강사에게 요가를 배우기로 했다.

"○○ 씨는 벌써 5킬로 빠졌다면서요?"

한 달 전에 설명회가 있었고, 다들 그때부터 채식 생활을 시작했다고 한다.

"×× 씨는, 네? 8킬로?"

강사가 웃으며 감탄했다. 나는 일주일 전에 신청했기에 진도를 맞추려고 특별히 개인 레슨을 받았다. 그때 강사가 이렇게 말했다.

"지금부터 단식 프로그램이 시작되기까지 위장에 무리를 주면 안 되니까 소화가 잘되는 음식을 섭취하도록 하세요. 탄수화물을 메인으로."

놀랐다. 탄수화물은 살이 찌니까 자제해야 되는 줄 알았는데……. 그 후로 밥을 마음껏 먹었다. 탄수화물을 만끽했다. 밥을 몇 그릇이나 먹었다. 그리고 살쪘다.

"네? 살이 쪘어요?!"

강사가 그렇게 말한 순간, 수강생 전원이 나를 돌아보았다. 날 씬해진 수강생들의 놀란 눈빛. 나 홀로 통통해진 채 말했다.

"탄수화물은 살이 찐다고 생각해서 여태까지 죄책감을 가지고 먹다가 선생님 말을 듣고 너무 기쁜 나머지……."

강사가 어처구니없다는 듯 말했다.

"만족할 줄 알아야죠."

함축하는 바가 큰 말이다. 강사는 분명 먹어도 되는 밥의 양을 제한했다. 밥공기 3분의 1. 실제로 꼭꼭 씹어 먹어보니 그 양으로 만족이 되었고 활동도 충분히 가능했다.

"어쨌든 오늘부터는 정해진 양의 죽만 드셔야 해요. 오늘까지 최대한 장을 비우기로 했는데, 어떠신가요?"

장을 비우기 위해 지정된 설사약을 먹고 되도록 소화가 잘되는 음식을 섭취한다. 장이 텅 비고 그곳에 좋은 균이 자라면 장벽의 구멍이나 뒤틀린 부분에 쌓인 숙변이 떨어져 나온다는 것이다.

"이 모든 과정은 숙변이 배출되는 결과로 이어집니다."

강사가 나긋한 목소리로 말했다. 모든 길은 로마로, 아니, 숙변으로 연결된다! One for SUKBYON, SUKBYON for one!

"에리 씨는 옛날에 변비 때문에 약을 먹거나 관장을 한 적이 있나요?"

어떻게 알았지? 초등학교 때 극심한 복통으로 움직일 수조차 없어서 대학병원에 실려 간 적이 있다. 엑스레이 사진을 보여주며 의사가 말했다.

"우와, 굉장하네. 이게 전부 변이야."

나는 너무 부끄러워 얼굴이 새빨개졌다. 간호사가 사무적으로 "자, 관장합니다"라고 말했다. 그 후로는 복통이 심하게 오기 전에 스스로 처리했다. 요즘은 다 나았지만.

"그 때문에 장이 뒤틀려버렸어요. 장을 깨끗이 비우기까지 다른 분들보다 시간이 더 걸릴지도 모르겠네요. 또 좋은 균을 증식시킨다 해도 숙변이 장의 뒤틀린 부위에서 빠져나오지 못하고 꽉 막혀버리면 부패하여 가스가 차게 되니 배가 너구리처럼 볼록해질 가능성이 있어요."

왜 나한테만 그렇게 무시무시한 일이?

"하지만 걱정하지 않으셔도 됩니다. 그 때문에 요가가 있는 것이지요. 내장 근육을 단련하면 가스나 찌든 변을 연동운동으로 배출할 수 있습니다."

그동안 다들 더 이상 못 참겠다며 화장실로……. 설사약 효과가 나타나기 시작한 것이다. 조금 기쁜 듯, 그리고 자랑스러운 듯

보였다. 내 배는 아직 고요한데.

요가는 꽤 힘든 운동이었다. 몸이 굳어서 자세를 하나 취할 때마다 부들부들 떨리고 여기저기가 아팠다. 스트레칭에 근력운동에 호흡법까지 신경 써야 했다.

"좋아요, 이 자세 그대로 코로 숨을 훗훗훗, 30회, 하나둘."

글로 적으면 간단한 것 같지만 실제로 해보면 꽤 힘들다. 괴로워서 포기하는 사람, 속출.

"자, 내일은 드디어 완전 단식의 날입니다. 맑아진 몸을 느껴보세요."

이틀이 지나니 내 얼굴이 조금 말쑥해진 것 같았다. 피부에 윤기도 돌았다.

단식 3일째.

"에리 씨, 얼굴이 완전 달라 보이네요. 어떤가요?"

나도 갑자기 살이 빠지기 시작했다.

"2킬로 빠졌어요."

과거에 관장녀였다는 사실이 믿기지 않을 정도로 지금 내 얼굴에서 투명감이 느껴진다고 다들 칭찬해주었다.

그날 저녁에 뮤지션인 친구가 야노 아키코 씨 라이브에 같이 가자고 제안했다. 세포가 말끔해진 상태로 라이브 감상이라니 너무 좋잖아! 실제로 야노 씨, 훌륭했다. 공연이 끝난 후 얼마나 멋졌는지 대화를 나누던 중 친구가 말했다.

"한 잔만 마시고 가자."

단식 중인 걸 알면서.

"미안한데, 물밖에 못 마셔. 그래도 괜찮아?"

이게 괴롭다. 내가 못 마시는 건 괜찮은데, 못 마신다는 말을 듣고 안타까워하는 상대의 얼굴을 보는 게 괴로운 거다.

"야! 그만둬, 단식 따위."

안다. 그 기분, 안다. 하지만 단식의 산에 등정하여 경치를 감상하고 싶은 마음이 크다. 숙변이 우르르 나오는 그 풍경을 반드시 보고야 말겠다.

내가 정말 좋아하는 호가든 생맥주를 마실 수 있는 곳으로 친구가 나를 데려갔다. 게다가 마이너스 7도란다. 얼음처럼 차가운 호가든 님.

친구가 "정말 주문 안 해?" 하고 노려본다. 나는 다음과 같이 대답한 후 입술을 한일자로 다물었다.

"응, 오늘 완전 단식 날이거든."

그때 점원이 차가운 호가든 님을 들고 왔다. 친구의 눈이 쓸쓸해 보였다. 오랜만에 만난 친구한테 내가 너무 매정한 건 아닌지?

"그럼, 한 입만……."

마음속으로 외쳤다. 선생님, 죄송해요. 입술만, 입술만 적실게요. 친구가 해바라기처럼 활짝 웃었다. 마땅히 그래야 한다는 듯. 입을 댔다. 맛있다. 하지만, 무서웠다. 몸이 민감해진 상태라 어떤 반응이 나타날지 두려웠다. 아니나 다를까, 눈이 팽 돌았다. 하지만 덕분에 친구와 즐거운 시간을 보낼 수 있었으니 좋았다. 그런데 친구랑 헤어지자마자 불안해졌다. 역시 보고하는 편이 좋겠다고 생각했다. 언제든 전화하라고 했으니.

"무슨 일 있어요?"

바로 통화가 연결되었다. 나는 우물거리다가 솔직하게 털어놓았다.

"보고할 사항이 있어서요. 저기, 맥주를, 핥았습니다."

"네? 핥았어요?"

선생은 할 말을 잃은 듯 잠시 침묵했다. 내가 여보세요? 라고 하자 그제야 반응이 왔다.

"다양한 분을 가르쳤는데요……. 처음이에요…… 하필이면 완전 단식이라는 신성한 날에……."

나는 잔뜩 풀이 죽은 상태로 "죄송해요"라고 몇 번이나 말했다. 하지만 선생은 친절했다.

"어차피 일어난 일이니 할 수 없지요. 놀라긴 했지만. 다시 시작합시다."

죄책감에 시달리면서 강사가 시키는 대로 롯폰기에서 메구로까지 걸어서 돌아왔다.

걸으면서 되뇌었다. '나는 괜찮다. 내 세포들은 특별하다. 맥주 몇 방울로 더럽혀지지 않는다.'

"노 프라블럼이야!"

그런 세포의 목소리가 들린 듯했다. 하지만 그 후 또 사건이 터지고야 말았다.

단식 중입니다만 (완결편)

5일간의 단식 프로그램. 완전 단식인 사흘째를 지나 나흘째 아침, 장소를 제공해준 친구 집에 모두 모였다.

"어때요? 몸 상태는."

강사가 한 사람 한 사람에게 질문했다.

"아무것도 안 먹어도 그리 힘들진 않았어요"라고 씩씩하게 대답하는 사람도 있는 반면, "너무 괴로워서 계속 잠만 잤어요"라는 사람도 있었다.

"에리 씨는 어떤가요?"

다들 나를 쳐다본다. 거짓말도 할 수 없었다.

"완전 단식이니 소금도 효소도 먹지 말아야 하는데…… 맥주를 조금 섭취하고 말았습니다."

다들 엣! 하고 목소리 같지 않은 소리를 냈다. 내가 다시 말을 이었다.

"다 함께 발맞춰가며 노력해보자고 했는데, 저 혼자 규칙을 위반하여 사기를 떨어뜨렸습니다. 죄송합니다."

다들 음주라는 상상을 초월하는 규정 위반에 화나기보다 놀란 듯했다.

"역시 에리 씨, 한 건 올릴 거라 예상은 했지만."

"몸은 괜찮아요? 어지럽지 않았나요?"

"체중이 쑥 오르지 않았나요?"

나는 어지럽지도 않았고 후회하지도 않는다고 말했다. 안 마셨다면 후회했을 것이다. 게다가 체중도 안 늘었다. 그렇게 말하니 다들 "호오" 하고 감탄했지만, 그래도 딱하다는 표정이었다. 그때 강사가 말했다.

"단식보다 중요한 게 보식이에요."

보식이란 절식 후 식사를 원상태로 되돌리는 과정을 말한다. 미음부터 시작하여 점점 걸쭉한 죽으로, 양도 조금씩 늘려 보통 식사로 복귀한다.

그날도 다 같이 요가를 했다. 숙변이 우르르 나올 날을 상상하며 복근을 단련하는 운동과 자세를 취한 후 해산했다.

마침내 다가온 단식 프로그램의 마지막 날. 다들 뿌듯한 얼굴로 모였다. 강사가 이젠 만날 일 없는 학생들에게 묻는다.

"자, 여러분, 앞으로 어떤 식사를 할 계획이십니까?"

채식주의자여서 그런지 식사에 관해서도 꽤 금욕적이다. 앞으로는 강사가 챙기지 않아도 각자의 몸에 맞는 식사 생활을 하는 것이 가르친 사람으로서의 바람일 터. 현미밥으로 건강식을 유지하겠다는 사람, 고기를 자제하겠다는 사람, 평소 식생활로 돌아가 고기랑 생선을 마음껏 먹겠다는 사람도 있었다.

"에리 씨는 앞으로 어떻게 하실 건가요?"

나는 으음 하고 고개를 갸우뚱하며 말했다.

"술은 역시 마시고 싶네요."

강사는 그 말을 듣고 웃는 얼굴을 보였지만, 그 웃음 뒤로 쓸쓸함이 살짝 엿보였다.

"그런가요…… 3개월만이라도 좋으니 술을 잠시 멀리하면 몸이 많이 바뀔 텐데요. 다시 한 번 생각해보세요."

내 몸에 대해 나보다 선생이 더 신경 쓴다는 건 알고 있었다. 하지만…….

"술을 안 마시면 나는 재미없는 사람이 돼요……."

그러자 주위 사람들이 타이르듯 말했다.

"에리짱, 아니야. 에리짱은 술이 없어도 재미있어."

앗, 내가 재미있어?

"술 취한 에리짱만 좋아하는 친구는 필요 없어. 그런 사람은 친구도 아니야."

나는 술 마시며 와아 와아 떠들어대는 친구가 좋은데……

"여러분, 한 달 동안은 현미죽만 드세요. 한 달쯤 뒤에 날짜를 정해서 뒤풀이를 가지도록 하겠습니다. 그날까지 파이팅하세요."

와아, 그날 살쪄서 나타나기는 싫은데, 하고 모두 한마디씩 내뱉으며 마치 여름방학을 맞은 아이들처럼 작별 인사를 나눴다.

"그럼, 뒤풀이 때 봐요!"

"한 달 후에!"

이 한 달 동안 먹는 양을 늘려도 체중은 더 떨어진다고 한다. 다만 과식은 금물. 이 점이 중요하다. 그리고 이 기간에 기다리고 기다리는 숙변이 나온단다. 장이 한번 리셋되면서 다시 태어나는 과정이다. 모두 그 순간을 기대하며 각자의 생활로 돌아갔다. 헤어질 때 강사가 웃는 얼굴로 당부했다.

"숙변이 나오면 꼭 사진 찍어 보내주세요!"

역시 선생은 특이하다. 아마 진심으로 하는 말일 것이다. 변 사진을 보면 어느 부위에 쌓였던 숙변인지, 몸의 어느 부위가 나쁜지 알 수 있다고 한다. 나는 아무리 그래도 사진을 보내지는 않겠지만, 숙변이 나오면 어떤 상태인지는 보고하기로 약속했다.

그러고 일주일. 운동을 안 해도 체중이 조금씩 빠졌다. 5킬로 줄었다.

다음 날 소중한 사람과 회식 약속이 잡혀 있었다. 장소는 고급

중화요리점이었다. 사정을 설명하고 나만 다른 메뉴로 죽을 주문하고 나서야 아! 하고 깨달았다. 닭고기 육수로 끓인 죽이었다. 동물성은 금지라고 했는데……. 하지만 이 정도는 괜찮으리라 믿고 먹기로 했다.

며칠 후 개인 레슨 시간에 선생을 만났다. 나를 보자마자 어? 하고 놀란다. 살도 안 쪘고 체중도 빠지고 있다. 그런데 왜? "왜요?"라고 물으니 "눈이 달라요" 한다.

"눈이요?"

"동물성 음식 먹었죠?"

놀랐다. 그걸 어떻게 알지? 강사가 어이없다는 듯 말했다.

"이유식 같은 것만 먹다가 동물성 음식을 섭취하면 눈이 탁해져요. 퀭해지기도 하고……."

퀭해진다고? 내 눈은 단식 프로그램 후 고작 일주일 만에 탁해지고 말았다. 부드럽고 온화한 눈빛은 사라지고 퀭해졌다. 단식 중엔 투명하고 예쁘다는 말을 듣던 눈인데. 하지만 후회는 하지 않는다. 몸속까지 가뿐하게 줄곧 아름다움을 유지하고 싶지만, 소중한 사람과의 맛있는 식사는 무엇과도 바꿀 수 없는 행복이다. 그걸 잘 알았다.

그러던 어느 날, 깜짝 놀랄 일이 일어났다. 일주일 분량쯤 되는 대량의 변이 한꺼번에 나온 것이다. 나눠 누지 않으면 변기가 막힐 것 같았으나, 한번 쏟아내기 시작하니 멈출 수 없었다. 나는 이 놀라움과 기쁨을 제일 먼저 선생에게 보고했다.

"선생님이 이끄는 대로 가지 않고 여러 가지로 속 썩이다 눈빛은 탁해지고 퀭해졌지만, 마침내 숙변 배설이라는 산꼭대기에 올랐습니다"라고.

선생은 "잘됐어요. 변비는 이제 나은 거예요. 앞으로도 계속 나올 거예요"라고 말해주었다.

그러고 나는 하산했다. 좋아하는 술도 스시도 먹기 시작했고 체중도 원래대로 돌아왔다. 지금 지상에 서서 그 산을 바라보면 정말로 올랐을까 의심스러울 때가 있다. 정말로 오른 건 맞는 것 같다. 요요현상으로 체중은 원상 복귀되었지만, 변은 이제 제대로 나오거든.

오캉의 영역 표시

현재 '오캉'과 별거 중이다. 오캉이란 '엄마'라는 뜻의 간사이 지방 방언인데, 나는 엄마를 지금도 오캉이라 부른다. 따로 살게 된 이유는 아침까지 일하느라 집에 못 들어오는 날이 많은 나의 불규칙한 생활에 당신의 생활을 맞추려 하기 때문이었다. 다크서 클이 내려오도록 아침까지 기다리니 오히려 따로 사는 편이 오캉의 건강에 이롭겠다고 판단하여 별거를 결단했다. 하지만 집이 가까워서 자주 놀러 온다. 처음에는 말도 없이 집에 들어와 있어서 기겁한 적이 있는데, 그 후로 반드시 연락하고 오도록 약속을 받아냈다. 내가 바빠서 '오캉, 와도 돼요'라는 오케이 사인을 좀처럼 내주지 않아 오캉은 오캉대로 스트레스를 받는 것 같다.

"아직도 가면 안 되냐?"

"에리짱 얼굴 잊어먹겠다."

"에리짱이랑 대화를 안 하니까 말하는 법도 다 잊었어. 어떻게 좀 해봐."

몰라. 잊어먹으세요.

'여행 가고 싶다아. 온천 가고 싶다아.'

이렇듯 수많은 욕구를 메시지로 보낸다. 왜 오캉은 하필 중요한 회의 중에 메시지를 연타하는 걸까?

'쓰레기 쌓여 있지? 내가 가서 버려줄까? 청소하러 가줄까?'

'기억나? 전에 같이 베네치아 갔었잖아? 거기 또 가고 싶다. 지금 텔레비전에서 스페인 특집 하고 있거든. 그때 생각나네.'

같이 갔던 베네치아는 이탈리아다. 피렌체도 로마도 갔었는데, 대체 간 적도 없는 스페인의 어느 풍경이 낯익은 걸까?

'식초가 피를 맑게 해준대. 올 여름에는 식초 많이 마셔.'

스태프가 모두 모이는 중요한 회의 시간이나 반드시 통과시켜야 할 기획안 발표 중에 이런 메시지가 연이어 수신된다.

매너모드로 설정해도 부르르 부르르 진동소리는 다 들리니 옆에 있는 스태프가 꼭 한마디 한다.

"에리 씨, 바쁘시네요."

메시지 열 통 모두 오캉. 집 지키는 개가 외로워 날뛰며 온 방안을 어질렀다는 지인의 푸념이 생각났다. 엄마한테 신경 좀 써! 라는 신호다.

어느 날 귀가하니 현관에 병이 하나 놓여 있었다. 뭔가 싶어

봤더니 스시식초였다.

'식초가 피를 맑게 해준대. 올 여름에는 식초 많이 마셔.'

메시지로 권해놓고 결국 사 왔다. 하지만 오캉, 이건 스시식초 잖아. 스시식초는 못 마셔. 나는 안타까운 마음으로 한참 동안 스시식초를 바라보았다. 오캉의 친절은 대체로 헛돈다.

언젠가 눈코 뜰 새 없이 바쁠 때 오캉의 메시지에 혹한 적이 있다.

'에리짱, 사무실 직원한테 들었는데, 엄청 바쁘다며? 집 청소라도 해줄까? 빨래는 어때?'

부탁해버릴까? 엄마한테 기댈까? 결심하고 메시지를 보냈다.

'고마워요, 부탁할게. 빨래바구니 안에 있는 빨래도 해주면 좋고.'

메시지를 보내자마자 통통 튀는 답장이 날아왔다.

'알겠엉!'

역시 엄마는 고마운 존재. 훈훈한 마음으로 늦은 밤 귀가했는데, 거실 문손잡이에 내 하늘색 팬티가 걸려 있다.

"응?"

젖어 있다. 즉, 말리는 중이다. 문손잡이에. 대체 왜? 일단 팬티를 빼서 들었는데, 이번엔 침실 문손잡이에 하얀 팬티가 걸려 있는 게 보였다.

"응?"

일단 그것도 빼서 들고 부엌으로. 목이 말랐기 때문이다. 그런데 냉장고 손잡이에 또 빨간 팬티가! 흐음, 왜 이런 짓을 하는 거지? 외로워 날뛰는 개 생각이 났다. 혹시 일부러 골탕 먹이려는 거 아냐? 오캉에게 이유를 물으니 빨래건조대를 꺼내기 귀찮아서 그랬단다.

"어차피 네 개밖에 안 되니 문손잡이가 딱 좋잖아."

역시 앞으로는 부탁하지 말아야겠다. 만약 나한테 애인이 있고, 오늘 그를 집에 데려왔다면? 물론 망상이지만……. 문손잡이마다 젖은 팬티가 걸려 있는 걸 본다면 틀림없이 정 떨어지겠지. 그러면서 오캉은 잘도 이런 말을 한다.

"애인 있으면 한두 명쯤 데리고 와봐. 좋은 사람 없냐? 결혼은 할 거야 말 거야."

이때 팬티를 문손잡이에 걸어둔 걸 보고도 귀여워! 하고 안아줄 수 있는 마음 넓은 남자가 아니면 결혼은 무리라고 생각했다.

목욕이나 하려고 옷을 벗고 목욕탕 문을 열었더니, 어느 여행지의 호텔처럼 샤워커튼용 봉에 청바지 두 벌이 걸려 있었다. 그걸 천천히 내리고, 목욕을 하고, 잠옷으로 갈아입고, 침대에 들어갔다. 문득 이상한 기운이 느껴져 옆을 보니, 책장에 있던 곰 인형이 베갯머리에 떡하니 자리 잡고 있는 것이다.

"으앗!"

무심코 소리를 질렀다. 내가 정말 좋아하는 폭신폭신한 하얀 곰 인형이지만, 원래 없던 곳에 있으니 굉장히 놀랐다. 게다가 얼굴과 닿을락 말락 한 거리다. 곰 인형은 '셰~' 포즈를 취하고 있었다. 아카츠카 후지오 선생의 만화《오소마츠 군》에 나오는 캐릭터의 우스꽝스러운 포즈. 여기까지 적은 후, 혹시 독자 여러분이 '셰~'를 모를까 싶어 위키피디아를 열어봤는데, 따로 설명할 필요는 없을 듯하다. 1966년에 일본을 방문한 비틀즈도 '셰~'를 했고, 1970년에 당시 열 살이었던 나루히토 친왕(현, 황태자)이 오사카 만국박람회의 미쓰비시 미래관을 방문했을 때도 '셰~'를 했다고 한다. 그렇게 유명한 포즈였던가. 아무튼 그 포즈를 내 베개 바로 옆에서 취하고 있는 것이다. 내가 좋아하는 곰이, 내가 별로 안 좋아하는 파란 모자를 머리에, 게다가 잘난 척 비스듬하게 쓰고 있다.

보통은 키득 웃고 '오캉도 귀여운 구석이 있네' 하고 생각했을 텐데, 이때는 솔직히 말해 지극히 짧은 한순간이지만 짜증이 확 났다. 쯧 하고 혀를 한번 차주고는 이불을 뒤집어쓰고 자버렸다.

이처럼 오캉이 오면 짜증나는 일이 가끔 생긴다. 좋으라고 한 일이니 뭐라 할 수는 없지만. 나는 오캉의 이런 행위를 오캉의 영역 표시라 부르며 경계하고 있다.

"오캉, 정말 이젠 아무것도 하지 마!"

오캉은 못 말려

오캉에게 느닷없는 메시지가 도착했다.

'지금 7부 능선인데, 어떻게 생각해?'

응? 설마, 하며 메시지를 보냈다.

'설마 후지산은 아니지?'

다음 순간, '후지산이야!'라는 문자 뒤에 경박하게 만세를 부르는 이모티콘이 날아왔다. 충격이었다. 계획에 없는 등반이었을 것이다. 게다가 오캉은 무릎이 좋지 않다. 지금 뭐하자는 거야, 정말. 어차피 허세를 부린 것일 텐데. 내가 신경을 잘 안 써주니까.

'8부 능선까지 갈 생각인데, 어떻게 생각해?'

더 이상 메시지로는 안 될 것 같아 바로 전화를 걸었다.

"어차피 방한용품도 준비 안 했지? 산은 위로 갈수록 춥고 밤엔 특히 심하다고."

쏘아붙였더니 야단맞은 아이처럼 시무룩해졌다.

"방한용품 안 갖고 왔어. 추워? ……지금은 더운데."

나중에 한번쯤 후지산 등반을 해보려고 답사하러 왔다가 다들 오르기에 재미있어 보여 그만 따라 오르고 말았다고 한다.

시각은 오후 4시가 넘었다. 당장 내려가라고 해야 할지, 아니면 조금 더 올라 산장에서 하룻밤 자라고 해야 할지……. 날이 저물면 위험하다. 그러니 해가 떨어지기 전에 내려갈 수 있으면 내려가라고 일단 지시를 내렸다.

"오캉, 거기까지 오르는 데 몇 시간 걸렸어?"

"두 시간 정도."

내려갈 때도 비슷하게 걸릴 것이다. 지쳤을 테니. 빠듯하게나마 5부 능선의 전철이 다니는 곳까지는 갈 수 있을 듯했다.

"오캉, 어쩌고 싶어?"

"집에 가고 싶어. 무서워졌어."

"내 말 잘 들어. 하산하는 사람이 반드시 있을 테니, 그 사람한테 딱 붙어서 같이 내려가. 모르는 사람이라도. 무슨 일 있으면 그 사람한테 물어봐. 그러다 힘들 것 같으면 산장에서 하룻밤 지내. 알겠어?"

"응."

메시지를 보낼 때는 여유작작했겠지만 자신이 엄청난 처지에 놓였다는 걸 안 후로는 이내 고분고분해졌다.

"아무리 사소한 일이라도 무슨 일 있으면 언제든 전화하고, 자, 얼른 하산 개시!"

"넵!"

오캉의 긴장감 넘치는 대답. 전화를 끊고 나서도 입이 다물어지지 않았다. 회의실에 있던 스태프 모두가 가슴을 두근거리며 통화 내용을 듣고 있었다.

"괜찮아?"

"어머니셔?"

"네. 내려가는 속도는 아마 빠를 거예요. 무릎도 안 좋고 더 이상 오르는 건 무리죠. 하산할 수밖에 없어요."

그리고 정신없이 내려가 무사히 하산했다는 오캉의 보고가 도착했다.

'에리짱, 내려왔어! 방금 버스 탔어! 이제 산을 얕보면 안 되겠어! 무사히 내려와서 다행이다!'

모든 문장에 느낌표가 붙어 있다. 안도한 것이리라. 무사히 하산했다는 사실을 회의실에 있는 동료들에게 알리니 다들 안심한 표정.

"다행이네요!"

"감사합니다……."

회의를 다시 시작하려는데 오캉으로부터 연이어 메시지가 도착했다. 뭐지? 하면서 보니 '후지산의 추억'이라는 제목을 붙여 산을 오르며 찍은 사진들을 보내놓았다. 풀과 꽃, 하늘. 오캉이 무슨 말을 하고 싶은 건지 나는 다 안다.

'안 놀아주니까 내 맘대로 행동하지!'

그로부터 며칠 후 내 인생의 첫 라이브가 열릴 예정이었다. 내가 무대에 서는 것이다. 일류 뮤지션과 나란히. 멤버 중 한 명인 나나오 타비토 씨가 나를 위해 자작곡을 만들어주기로 했다. 우리 집에서 간단히 미팅을 갖기로 하여 타비토 씨가 기타 하나만 들고 찾아왔다.

"생각해봤는데, 에리짱 어머님에 관한 곡이 좋을 것 같아."

에에엣, 싫어.

"재미있는 에피소드가 많잖아. 그걸 랩으로 만들어보고 싶어."

그리하여 랩 부분은 이렇게 완성되었다.

"그때, 나, 어릴 적, 왕따였지. 걱정이 된 엄마가 애정 듬뿍 도시락 만들어줬지만, 뚜껑 여니, 온통 야키우동. 다음 날은 온통 오코노미야키였어. 우아아, 이러면 또 왕따 당해! 겁이 나서 당장 뚜껑을 덮었지."

그리고 노래가 이어진다.

"엄마 (엄마를 반복) 나의 엄마 (엄마) 이런 엄마지만 행복하게 해주고 싶어!"

멜로디가 너무 좋다. 다시 랩 파트다.

"그때, 어릴 적, 오캉이 스웨터를 떠줬어. 왜 그런지, 지푸라기 색. 볏짚 색깔. 나, 하늘색이 좋았는데. 더 신경 쓰였던 건 커다랗게 난 구멍. 왜 구멍이 났어? 물으니, 디자인이야! 라고 했다. 학교에 입고 간 후로 나는 '구멍녀!'가 되었어. 또 왕따 당했지."

"엄마 (엄마) 나의 엄마 (엄마) 이런 엄마지만 행복하게 해주고 싶어!"

이런 속되고 얄팍한 노래로 괜찮을까? 게다가 오캉이 "갈래! 보러 갈래!" 하고 조르기 때문에 더 걱정이었다. 혹시 느낌이 왔나? 타비토 씨에게 부탁했다.

"후렴구에서 살짝 수습해줄 수 있을까요?"

"응?"

"오캉이 들으면 상처받고 울 것 같아서……."

"이 가사랑 멜로디로도 애정이 충분히 전달되는데"라고 타비토 씨가 말했다. 그건 그렇지만 그래도 걱정이 되었다.

"오캉은 고생을 많이 하면서 자랐기 때문에, 어릴 때 누리지 못했던 것들을 지금 가지려 하는 것 같아요. 천진난만함이라든지, 무모함이라든지, 어리광이라든지, 금세 삐지는 것도. 어린 시절을 다시 사는 거죠. 나는 그런 엄마를 지켜주고 싶어요."

"그렇구나……."

"네……."

그리하여 후렴구가 이렇게 바뀌었다.

"고생만 한 엄마의 나날, 이젠 언제든 나한테 어리광 부려요. 내게 너무나 자랑스러운 엄마, 같이 걸어요."

타비토 씨가 의도한 대로 당일 공연장에 폭소가 터졌고, 그 웃음이 점차 흐느낌으로 바뀌어갔다. 오캉의 반응을 직접 보지는 못했지만, 다음 날 아침에 만났을 때 마치 고백받은 소녀 같은 얼굴을 하고 있었다. 아아, 전달되었구나 싶었다. 그야 후렴구 마지막에 이런 랩 가사를 넣었으니까.

"엄마 (여행 약속, 기억해요!) 우리 엄마!"

혹시 이 여행 공약 발표가 오캉을 흐뭇하게 만들었을지도 모르겠다고 생각하면 좀 무섭다.

무모한 도전

세 살부터 바이올린을 배웠다. 대학에 들어가면서 그만뒀지만 악보를 안 보고도 켤 수 있을 정도의 기술은 있다.

그 사실이 알려지면 무턱대고 시킬까 봐 입 다물고 있었는데, 이타오 이츠지 씨가 봉인을 뜯고 말았다. 이타오 씨와 함께 프로그램을 진행했을 때의 일이다. 어디든 떠나면 좋다는 콘셉트로 기획한 여행 특집 방송인데, 온천이 좋겠다고 이타오 씨가 제안하여 일단 유후인에 가보기로 했다. 온천을 빼곤 완전히 무계획. 아키모토 야스시 씨에게 전화를 걸어 가볼 만한 곳을 추천해달라고 했다.

"지금 유후인에 있는데요, 온천 말고 갈 만한 곳이 있을까요?"

역시 아키모토 씨는 모르는 게 없다. 웃으면서 조언해주었다.

"사파리 파크에 가면 재미있을 거야. P롤이라는 롤 케이크가 유명하니 기념 선물로 딱이지. 줄 서서 사야 하지만."

선물까지 추천해주는 세심함. 역시 유능한 프로듀서다. 그리하여 사파리 파크에 가게 되었고 꽤 재미있었다. 동물들에게 먹이도 줄 수 있었다.

철창이 달린 버스를 타고 먼저 사자의 거처를 방문하여 철창 너머로 고기를 줬는데 좀 무서웠다. 이번엔 아기 사슴에게 다가가 먹이를 주려는데 커다란 사슴이 낚아채서 속상했다. 다음으로 버스가 멈춘 곳은 얼룩말 앞이었다.

"응?"

얼룩말들은 버스로 다가오지 않았다. 가이드도 먹이 주세요, 하고 권하지 않았다. 버스를 무시하고 각자 흩어져 풀만 먹었다. 얼룩말은 겁이 많다는데 사실인 모양이었다. 그때 가이드가 말했다.

"에리 씨, 바이올린 연주 부탁합니다."

"네?"

스태프가 안에서 바이올린을 가지고 나왔다. 뭐지? 아까 버스 탈 때 바이올린 같은 물체가 언뜻 보이긴 했다. 설마 유후인에, 게다가 사파리 파크에 있을 리 없다고 생각했다. 잘못 본 줄 알았는데, 실제로 건네받은 건 검정색 바이올린 케이스가 맞았다. 나한테 왜 이래……. 하지만 이미 카메라도 돌고 있어 어쩔 수 없이 케이스를 열어야 했다. 어깨받침을 대고 미끄러지지 않도록 활에 송진을 바른 후 스태프가 빌려온 바이올린을 어깨에 올렸다. 사파리 파크의 대자연 속에서…….

"얼룩말은 좀처럼 이쪽으로 안 와요. 멋진 음악으로 한번 유혹해보세요."

저 가이드, 대체 무슨 말을 하는 거야. 이타오 씨를 흘끗 쳐다보니 희미하게 웃고 있다. 이타오 씨가 일렀구나. 내가 바이올린을 켤 줄 안다는 걸. 체념한 나는 되도록 우아하고 편안하게 모차르트를 연주하기 시작했다.

그러자! 놀랍게도 뿔뿔이 흩어져 있던 얼룩말들이 한곳으로 모이기 시작했다. 다들 어깨를 나란히 붙인 채 풀도 먹지 않고 내가 연주하는 음악에 가만히 귀 기울였다. 나는 뿌듯한 마음으로 바이올린을 계속 켰다.

이타오 씨가 "굉장해, 얼룩말이 듣고 있어!" 하고 감탄했다.

나는 연주를 마치고 기쁜 듯이 가이드에게 물었다.

"얼룩말이 음악을 좋아하나 봐요?"

가이드가 민망한 듯 대답한다.

"아뇨……. 겁먹은 거예요."

응?

"무서워서 한곳에 모여 몸을 붙이고 있는 거예요. 원래 소리를 두려워하는 동물이라."

내가 방송에서 첫선을 보인 바이올린 연주는 얼룩말을 위한 것이었는데, 얼룩말은 내 연주를 좋아한 게 아니라 무서워한 것이었다고 한다.

그 후에도 또 미나미 코세츠 씨가 바이올린을 켜달라고 부탁했다.

"에리짱, 바이올린 켤 줄 안다며?"

알고 보니 그 정보를 제공한 사람도 이타오 씨였다.

"히비야에 있는 야외음악당에서 라이브를 열 건데, 그때·내 노래 '칸다가와' 반주 좀 해줘."

그때 취한 상태여서, 별 생각 없이 "좋아요"라고 대답했다.

나중에 악보랑 리허설 스케줄을 받고 나서야 덜컥 겁이 났다.

"이 사람…… 진심이었어……."

칸다가와라니, 무리야. 야외음악당에서 1년에 한 번 열리는 라이브가 아닌가? 칸다가와를 들으러 오는 관객도 있겠지? 그런데 듣도 보도 못한 잡것이 등장하면 잔뜩 기대하고 온 팬 여러분이 '왜 저런 여자가?' 하고 화낼 게 틀림없다. 게다가 그 명곡은 바이올린 솔로로 시작된다. 내가 실수하면 코세츠 씨는 영원히 '그대는~ 벌써~ 잊었나요~'를 부르지 못하게 된다.

나는 도저히 못하겠다고 양해를 구하고 사퇴했다. 무리한 요구는 나 자신의 성장을 위해 신이 내리는 선물이라 생각하고 뭐든 수락하는 편이었는데, 이때 처음으로 도전을 포기했다. 포기하고 나서 후회했지만.

모처럼 제안해줬는데 호의를 저버리다니. 그래서 코세츠 씨가 "그럼, 코러스 해줘"라고 다시 제안했을 때 "할게요" 하고 두말없이 승낙했다.

당일에 초대된 게스트들이 나란히 어깨를 걸고 몸을 좌우로 흔들며 코러스를 하기로 했다. 내 옆에 우연히 서게 된 사람은 '젊은 대장'이라는 별명을 가진 가야마 유조 씨였다. 야외음악당 첫 무대에서 나는 젊은 대장과 어깨동무를 하고 노래를 불렀다. 노래 중간에 가야마 씨가 내 귀에 대고 속삭였다.

"뭐 하는 분이세요?"

모르는 게 당연하다. 나는 젊은 대장의 근사한 목소리에 넋을 잃은 채 대답했다.

"평소에는 시나리오를 쓰거나 에세이를 쓰거나 하는데…… 지금은 뭐 하는 걸까요……."

젊은 대장이 횡설수설하는 나를 보고 의아한 얼굴로 "그래요?"라고 했다. 코세츠 씨가 그런 우리를 보고 뿌듯한 미소를 지었다.

그 후에 코세츠 씨 소속사로부터 의뢰를 받았다.

"코세츠와 친구들이라는 NHK 라디오 생방송에 에리 씨가 나오셔서 바이올린을 연주해주시면 좋겠습니다. 연주해주실 곡은

'칸다가와'입니다."

코세츠 씨는 이렇듯 당치 않은 요구를 하는 사람이다. 인기인에겐 원래 괴짜 같은 구석이 있기 마련인 걸까? 그렇게 두 번째 바이올린 연주는 생방송으로 진행되었다. 황공하게도 코세츠 씨 노래에 맞춰……. 이번에는 식은땀을 흘리면서도 끝까지 완주했다. 좋은 경험이었다고 생각한다.

이것으로 끝나면 좋으련만, 9월에 또 라이브를 열기로 했다. 시부야에 'WWW'라는 400석 규모의 라이브하우스가 있는데, 예약 담당 S가 나에게 무리한 요청을 했다.

"이번에 우리 라이브하우스에서 공연하지 않을래?"

거절해도 반드시 어딘가에서 다른 형태로, 훨씬 큰 규모로 도전할 처지에 놓인다는 걸 알기에 나는 하겠다고 대답했다. 라이브 주제는 이렇게 정해졌다.

오미야 에리의 도전

'나도 연주해도 되나요?'

일류 뮤지션 앞에서 바이올린을 켜는 무시무시한 이벤트다. 관객이 다 얼룩말이라 생각하자.

꽤나 즉흥적입니다

순발력이 부족하다. 여러분은 어떤가? 그때 왜 이런 말을 못하고 저런 말을 했을까 후회한 적은 없는지?

단골 가게에 밥을 먹으러 갔다. 밤이 늦어지면 늘 가는 가게다. 계단을 올라 2층의 자그마한 이탈리안 레스토랑에 들어가니 이 시각엔 원래 손님이 거의 없는데 웬일인지 테이블석이 다 차 있었다. 그때 나를 부르는 소리가 들렸다.

"에리쨩!"

기타리스트인 사하시 요시유키 씨였다. 옆에 있는 여성을 소개해주는데, 놀랍게도 그 유명한 싱어송라이터 와타나베 미사토 씨다.

"소개할게, 이쪽은 와타나베 미사토 씨."

와타나베 씨가 "안녕하세요" 하고 인사했다. 다음 순간, 내 입에서 이렇게 튀어나와버렸다.

"마이 레벌루션!"

그녀의 히트곡 제목을 댄 것이다. 이게 어떤 상황이냐 하면, 품위 있는 이탈리안 레스토랑에서 식사를 하고 있는 구로사와 아키라 감독을 소개받고 다짜고짜 "7인의 사무라이!"라고 외친 것과 같다.

와타나베 씨는 안 그래도 잘 모르는 사람을 소개받아 난처한 표정이었는데 갑작스레 히트곡 제목이 나와 당황한 듯했다.

"죄송해요, 저는 오미야 에리라고 합니다. 정말 좋아하는 곡이라 노래방에 가면 꼭 부르거든요……" 하고 작은 소리로 웅얼웅얼 말하고는 물러났다.

아아, 왜 그랬을까? 흥분하여 나도 모르게 튀어나왔다. 좀 더 멋진 말, 센스 있는 말을 했으면 좋았을 텐데.

그로부터 며칠이 지나 심야 작업이 끝나고 또 그 이탈리안 레스토랑에 갔다. 그날도 평소와 달리 손님이 많았다. 행사 뒤풀이 중이 아닐까 생각했다. 그중 한 남성이 돌아보고 손을 흔든다. 또 기타리스트 사하시 씨였다.

"아, 에리짱, 마침 잘 왔다. 소개할게. 이쪽은 와타나베 미사토 씨."

이건 데자뷰인가? 옆자리 여성이 천천히 돌아본다. 눈이 마주친 순간, 둘 다 같은 생각을 한다는 걸 알았다. ……지난번과 완전히 똑같다.

무슨 이야기든 해야 할 것 같아 "지난번에도 만났죠"라고 인사하려 했는데, 왜 그런지 입 밖으로 튀어나온 말은 달랐다.

"마이 레벌루션."

또 당황하는 와타나베 씨. 그녀를 보기만 하면 내가 좋아하는 그 곡이 머릿속에서 맴돌기 때문에 나도 모르게 제목을 말해버리는 걸까? 방송 프로그램 사회자가 카메라를 향해 프로그램명을 외치듯.

쿠사노 히토시 씨가 '세계 신기한 발견!', 코다마 키요시 씨가 '어택 25'라고 외치듯 와타나베 미사토 씨를 향해 또 말해버렸다.

"마이 레벌루션."

그래 놓고 스스로 화들짝 놀라 "좋아했거든요. 아, 지금도 좋아하고 앞으로도 좋아합니다. 아, '마이 레벌루션'뿐만 아니라 다른 곡도 좋아합니다"라고 덧붙였다.

예전에 야자와 에이키치 씨가 라이브 감상을 요청한 적이 있다. 나는 그에 대한 답변으로, 전화를 걸어 이런 음성메시지를 남기고 말았다.

"야자와 씨는 노래를 참 잘하는구나 생각했습니다."

당연하다. 너무 당연하여 말할 필요조차 없다. 나는 전화를 끊고 깊이 후회했다. 이런 메시지를 듣고 무슨 생각을 할까? 그래서 한 번 더 전화했다. 좀 더 자세히 표현할 작정으로 전화했는데 또 이렇게 말해버리고 말았다.

"야자와 씨, 노래를 정말 잘하셔서 깜짝 놀랐습니다. 노래를 부른다는 게 이런 거구나 싶었어요."

끊고 나서야 조금 전의 감상과 다르지 않다는 사실을 깨달았다. 그냥 길어졌을 뿐. 하지만 진심이었다. 노래를 부른다는 행위의 의미를 다시 생각하게 되었다고 할까. 그런데 순간적으로 표현하려 하니 그런 말밖에 나오지 않았다. 와타나베 미사토 씨 건도 비슷한 맥락으로 이해될 듯하다.

아무튼 순발력이 없다. 음성메시지처럼 시간제한이 있는 것에도 약하다.

그런데 예외도 있다. 채소가 맛있기로 유명한 홋카이도 농가 '하쿠쇼야'의 아오키 씨네 밭을 처음 방문했을 때.

비닐하우스에 들어가 토마토를 구경한 후에 부인인 도모코 씨의 안내로 잠시 쉬고 있는데, 햇볕에 그은 새까만 얼굴의 아오키 씨가 등장했다. 하얗고 긴 수염이 인상적인 아오키 씨는 해적처럼 머리에 수건을 감고 있었다. 이목구비가 뚜렷하여 더 해적 같았다. 나를 보자마자 눈을 부라리더니 갑자기 주머니에서 물총을 꺼내어 나를 향해 쏘았다.

"탕!"

물은 들어 있지 않았고, 아오키 씨는 아이처럼 입으로 "탕, 탕" 소리만 냈다. 처음 만난 사람에게 "안녕하세요!"라는 인사도 없이 총을 맞아 크게 당황했다. 그러나 나는 간사이 사람. 역시 리액션 은 해야 했다.

"윽!"

가슴을 움켜쥐고 괴로운 척.

이 돌발적 반응이 아오키 씨의 마음에 들었는지 그 후로 대화 에 활기가 넘쳤다. 그렇다. 리액션이라면 순발력이 없진 않다. 타 인에게 상처를 주지 않는 선이라면 내가 생각한 것을 순수하게 전달하는 성격이라 그런 듯하다.

오캉은 가끔 내가 좋아하는 수제 애플파이 가게에서 애플파 이를 사 오곤 한다. 가게 이름이 '마쓰노스케 뉴욕(NY)'이다. 내가 피곤해하는 걸 보고 힘내라며 오캉이 이렇게 말했다.

"마쓰시타 고노스케(파나소닉의 전신인 마쓰시타전기의 창업자 – 옮 긴이) 사 왔어!"

파나소닉 제품이라도 샀나 싶었는데, 애플파이였다. 마쓰노스 케와 마쓰시타 고노스케. 마쓰랑 스케가 같네. 뭐, 분명 비슷하긴 하지만……. 오캉은 비슷하기만 하면 대충 말해버린다. 순간적으 로 튀어나온 말이겠거니 생각하고 친절하게 가르쳐줬는데 또 얼 마 지나지 않아 큰 소리로 이렇게 말하니 넌더리가 나는 것이다.

"마쓰시타 고노스케의 애플파이 사 왔어!"

말하면서 이상하다고 느껴지지 않나? 뉴욕(NY)은 또 어디 갔지? 스스로 좀 깨우쳤으면 좋겠다. 그럴 때마다 나는 짜증이 난다. 동시에 이런 생각도 든다. 언젠가는 나도 이렇게 될지 몰라…….

이렇든 저렇든 순발력이라곤 없는 모녀다.

지갑을 두고 왔네

"장보려고 마을까지 나갔는데 지갑을 두고 왔네. 유쾌한 사자에상!"

애니메이션 〈사자에상〉의 오프닝곡이다. 들을 때마다 생각한다. 당사자는 유쾌하지 않은데. 그리고 왜 나는 그렇게도 자주 지갑을 잊어버리는 걸까?

늦은 밤에 일을 마무리하고 지친 몸으로 와인 바에 들러 혼자 한잔 하고 있었다. 사장은 손님을 맞이하고 칵테일을 만들면서 틈틈이 내 말상대도 해주었다.

"어때요, 요즘?"

"네? 딱히 특별한 일이라곤."

"또 그런다! 무슨 일 있잖아요, 무슨 일!"

"예? 글쎄요, 으음."

아, 그러고 보니…… 하고 시답잖은 이야기를 꺼내려 하는데,

사장은 이미 다른 손님의 부름을 받고 즐겁게 수다를 떨고 있다. 됐다, 뭐. 아는 남동생에게 메시지를 보냈다. 근처에서 술 마시고 있을지도 모르니까.

"아, 오늘은 아니에요. 혼자 오토바이 타고 바닷가에 와서 책 읽고 있었어요. 이제 막 돌아가려던 참이에요."

흠흠. 바닷가에서 독서라니, 좋겠다. 그보다, 혼자 바다에 갔다고? 멋지게 사네.

"나도 가야지."

바다에 가자. 어른다운 밤을 보내보자. 틀림없이 피로가 싹 가실 것이다. 기분전환도 될 것 같았다. 시계를 보니 밤 1시 반. 잔에 화이트와인이 아직 반 정도 남아 있었다.

"사장님, 계산요."

"어? 왜?"

벌써 가요? 라는 듯 의아한 얼굴. 내가 말동무를 안 해줘서 그래? 하는 표정으로 다가온다.

"미안, 가게가 바빠서."

"아뇨, 아니에요. 할 일이 갑자기 생각나서."

"아, 그래요?"

조금만 기다리면 차분히 이야기 나눌 수 있는데, 라며 사장이 안타까워했다.

나답지 않게 와인 한 잔만 마시고 가게 밖으로 나오는데 마침 검정색 택시 한 대가 다가오고 있었다. 힘차게 손을 들었다. 아깝지만 이런 놀이에 돈 쓰는 날이 하루쯤은 있어도 좋으리라. 뒷좌석에 올라 운전사에게 말했다.

"바다까지 가주세요."

"네?"

되묻는 게 당연하다.

"어느 쪽이든 바다까지 가주실 수 있나요? 공항 근처라든지."

"하네다 공항이요?"

운전사가 의아스러운 얼굴로 돌아보았다. 나이는 마흔 정도일까? 소탈한 분위기의 남자다.

"어디로 갈까요?"

"그…… 어디라고 정한 건 아니고요, 밤바다가 보고 싶어요."

말해버렸다. 원하는 걸 솔직하게 말하는 편이 빠르리라 생각했다. 운전사는 별난 손님을 태우고 말았다는 표정. 사업 마인드인지 체념한 것인지 내비게이션에 하네다 공항을 입력하기 시작했다. 화면에 공항 근처 바다가 표시되니 손가락으로 슬라이드.

"어느 쪽 바다로 갈까요?"

이건 뭐 드라이브라도 하는 것 같네.

"글쎄요, 이 부근이 좋을까?"

내가 벤텐바시(弁天橋)라고 표시된 지점을 가리키며 말했다. 이름에서 왠지 은혜로운 느낌을 받았기 때문이다.(벤텐은 학문과 기예의 신으로서 일본의 칠복신 중 유일한 여신이다 – 옮긴이) 운전사가 액셀을 밟았다. 심야 택시가 달리기 시작한다. 밤바다를 향해.

깜깜한 하늘에 걸린 하얀 레인보우 브리지가 아름다웠다. 불빛이 마치 별처럼 반짝였다.

"예쁘다."

창문을 여니 강 쪽에서 바다 냄새를 실은 밤바람이 불어왔다. 조금 쌀쌀한 듯하여 바로 창문을 닫아버렸다.

마을 풍경이 내가 멀리 왔다는 사실을 점점 실감케 했다. 바다가 가까워졌는지 창고 건물과 컨테이너가 늘어서 있고 보통 집은 간간이만 보였다.

"거의 다 왔어요."

운전사가 말했다. 내비게이션이 벤텐바시 부근을 비추고 있었다. 앞 유리 너머 운전사가 봤을 바다를 나는 뒷좌석에서 보았다.

캄캄해서 잘 보이진 않았지만 분명 바다 같았다. 근처에 신사가 있는지 기둥문이 보이고 조명이 그곳만 켜져 있었다. 택시가 갓길에 정차했다.

"정말 감사합니다."

지갑을 꺼내려고 가방에 손을 집어넣었을 때다. 갑자기 식은

땀이 났다. 지갑이 없다. 맞아! 와인 바엔 현금만 들고 갔다! 금방 돌아올 예정이었기에 지갑을 갖고 가지 않았다. 어, 어쩌지. 지갑이 없다고 어떻게 고백하지? 택시비는 8천 엔이 나왔다. 나는 어쩔 수 없이 털어놓았다.

"저, 지갑을 안 갖고 탔어요……. 그래도 수상한 사람은 아니에요."

"네?"

아무 말도 못하고 난처해하는 운전사. 숨 막히는 공기. 오래 사귄 남녀가 이별 이야기라도 하는 듯한 분위기.

이럴 때 유쾌한 사자에상이라면 어떻게 할까? 웃어넘길 수 있는 상황이 아닐 때 꼭 이런 일이 벌어진다. 화난 게 분명해 보이는 운전사를 달래기 위해 필사적인 심정으로 말했다.

"여기서 10분만 기다려주실래요? 바다는 10분만 보면 되거든요. 돌아가는 길에도 절 태워주세요. 집에 가면 지갑이 있으니 거기서 계산할게요. 왕복 요금으로."

나쁜 제안은 아닐 것이다. 두 배로 받을 수 있으니.

그러자 운전사가 문을 열어주었다. 감사하다고 인사하고 서둘러 바닷가로 가는데 뒤에서 목소리가 들렸다.

"담배나 피우고 있을 테니 바다 실컷 보고 오세요. 30분 정도는 괜찮으니."

운전사가 시계를 보면서 말했다.

"감사합니다! 15분쯤 후에 돌아올게요!"

꾸벅 절하고 밤바다로 달렸다. 나는 캄캄한 바다를 오른편에 느끼며 해변길을 걷기 시작했다. 가로등이 콘크리트 선착장을 희미하게 비추고 있었다. 있다, 있다. 사람이 있다. 서로 끌어안고 있는 남녀. 여기서는 괜찮으리라 안심했는지 격렬하게 키스 중이다. 이번엔 조금 떨어져서 뭔가 심각한 이야기를 하는 남녀. 여자가 울고 있다. 이별 이야기를 하는 중인가? 저 멀리에 추리닝 차림의 조금 불량해 보이는 남자들이 떼 지어 모여 있는 게 보였다. 아아, 떼를 짓는다는 게 이런 느낌이구나. 하찮은 이야기를 날이 새도록 하겠지. 두꺼운 만화책과 컵라면 그릇이 땅바닥에 뒹굴고 있다. 홀로 멍하니 바다를 보는 아저씨도 있었다. 아무도 없는 줄 알았다가 바로 옆에 와서야 사람이 있다는 걸 알아차리고 깜짝 놀랐다.

밤바다는 재미있다. 다양한 드라마가 꿈틀대는 곳이었다. 여기 오지 않았다면 알 수 없었을 세계.

바다를 잠시 바라보고 있었다. 멀리서 깜빡이는 등댓불. 바닷바람을 맞고 있으니 불쾌한 감각이 스르르 빠져나가는 듯했다. 다가왔다가 멀어지는 파도를 느낌으로 알 수 있었다. 파도에 마음을 실으니 기분도 서서히 안정되었다.

"실컷 보고 왔습니다."

담배를 피우던 운전사가 묵묵히 택시로 돌아가 문을 열어주었다.

"이제 집으로 가시나요?"

운전사의 얼굴도 평화로웠다.

디제리두 효과

호주에 살고 있는 디제리두 연주자를 만나러 가게 되었다. 디제리두는 호주 원주민인 애버리진(aborigine)의 전통 악기인데, 속이 빈 길고 굵은 나무관에 특유의 색채로 화려하게 장식된 게 특징이다. 한쪽 끝에 입을 대고 불면 대지를 뒤흔드는 듯한 중저음이 보보보 보보보 하고 울린다.

지구상에 존재하는 아주 재미있고 멋진 악기를 CF를 통해 소개하고 싶었다. 내가 기획한 건 과자 광고였다. 지금까지 먹어본 적 없는 새로운 식감이 특징이므로, 아이들이 "와아, 뭐지? 어떤 맛일까!" 하고 눈을 반짝반짝 빛내며 기대해주길 바라는 마음으로, 그다지 친숙하지 않은 악기 소리를 CF에 넣기로 한 것이다.

원래는 디제리두 일인자를 초청하여 일본에서 촬영할 예정이었다. 내가 찍고 싶었던 연주자이자 호주 장로이기도 한 자루(Djalu Gurruwiwi, 83세로 추정)에게 제안했더니 여권이 꽤 오래전부터 보이지 않는다는 것이다. 83세로 추정한다지만 정확한 나이도 모른다고 했다. 뭐든 대충대충이다. 웅대한 자연에 둘러싸여 살다 보면 감각기관도 웅대해지는 걸까? 아들인 라리도 디제리두계의 스타인데, 그는 또 비행기를 타는 게 싫단다. 그리하여 최소한의 촬영팀을 이끌고 호주의 애버리진 거주 구역을 방문했다.

도착한 시각은 새벽 5시. 일단 케언스로 갔다. 거기서 열두 시간을 기다려야 했다. 애버리진 거주 구역인 고브행 비행기는 하루에 한 편이고 오후 5시에 뜰 예정이었기 때문이다. 통역사인 사다미 씨, PD, 카메라맨, 그리고 나까지 고작 네 명. CF 촬영팀으로는 절대 있을 수 없는 인원이다.

오후 5시까지 근처 펜션에서 쉬기로 했다. 사다미 씨와 나는 여자방, PD와 카메라맨은 남자방. 저쪽은 저쪽끼리 이쪽은 이쪽끼리 맥주를 마시고 잠시 낮잠을 자기로. 나는 좀처럼 잠이 들지 않아 자는 걸 포기하고 아침 8시경에 산책을 나갔다. 해변을 걷고, 잔디밭에서 뒹굴고, 도쿄에 있을 때처럼 카페에서 커피 마시며 일도 하고.

노트북을 꺼내 원고를 쓰는데도, 공기가 맑아서인지, 바닷바람이 상쾌해서인지, 햇살이 강해서인지, 앵무새가 자유롭게 날아다니며 이쪽을 보고 있어서인지, 기분이 좋았다. 도쿄에 있을 때와 똑같이 일하는데도 기분이 전혀 달랐다. 외국에 있다는 것만으로 기분 전환이 되는 모양이었다.

고브에 도착한 시각은 밤 9시. 주변이 캄캄했다. 현지 가이드인 고리 씨를 만나 간단한 미팅을 했다. 드디어 내일 자루와 라리 부자를 만나게 된다.

"두 분은 모두에게 존경받고 있어요. 음악으로나 인격으로도요."

고리 씨가 그렇게 말했다. 우리는 정중하게 성심을 다해 만남에 임하겠다고 다짐하고 잠자리에 들었다.

다음 날 아침, 마을 체육관에 합성용 그린 스크린을 설치하고 라리의 연주 장면을 찍었다. 자루는 이곳에서 촬영하지 않는데도 도중에 잠시 얼굴을 비쳐주었다. 고리 씨 말로는 아들을 무척 좋아하기 때문이란다. 어떻게 연주하는지 보고 싶었던 것이리라. 약한 시간 정도 걸렸는데 83세의 자루는 촬영 내내 파이프의자에 걸터앉아 아들이 연주하는 장면을 유심히 지켜보았다.

자루는 매부리코에 하얀 턱수염을 길게 기르고 눈이 나쁜지 큼직한 선글라스를 꼈다. 얼굴 윤곽과 주름이 조각처럼 깊어 외모에선 힘이 느껴졌지만 다리가 불편하여 지팡이를 짚고 걸었다. 지팡이를 한번 휘두르면 화산이 폭발할 것 같았다. 하지만 복장이 파란 알로하셔츠에 무릎까지 오는 반바지라 귀엽기도 했다. 축구를 좋아한다는 라리는 스포츠맨 느낌. 키가 늘씬하게 커서 장난기

많은 미식축구 선수 같달까. 라리는 언제든 시합에 출전해도 될 것 같은 폴로셔츠 차림이었다.

촬영이 끝난 후 자루의 집에 가서 인터뷰 장면을 찍기로 했다.

바깥은 작열하는 태양. 푸른 바다. 관광객도 없는데 모래사장에 쓰레기가 많아서 놀랐다. 고리 씨에게 물으니 이런 대답이 돌아왔다.

"여기 사는 사람들이 버린 쓰레기예요. 이게 다 가정에서 나온 쓰레기죠. 교육을 못 받아서 그래요."

왜 그런지 신비로운 감각이 느껴졌다.

"이쪽을 보면 아름다운 바다죠. 그런데 저쪽을 보세요. 공장이 늘어서 있죠? 이것이 고브의 현재 모습입니다."

문명, 돈, 경제의 파도가 좋고 나쁨을 판단할 새도 없이 애버리진을 덮쳤다. 자연의 소중함을, 자연 속에서 사는 사람들은 깨닫기 어려우니 아이러니하다.

집 안에 냉방 장치가 없어도 그늘이라 지내기 힘들진 않았다. 그런데 사다미 씨가 계속 콜록거린다. 어제부터 감기가 가라앉질 않는다.

자루와 라리는 우리와 꽤 친해졌고 장소도 집이어서 그런지 표정이 편안해 보였다.

"디제리두는 자루 씨에게 어떤 존재입니까?"

그렇게 질문해보았다. 통역자인 사다미 씨가 콜록거리면서 영어로 바꾼 문장을 마을의 젊은이가 애버리진 말로 바꾸는 식의 릴레이 통역이 필요했다. 자루가 말했다.

"디제리두는 인간의 마음을 편안하게 합니다. 온갖 악을 진압하고 병을 치유합니다. 지금부터 여러분의 몸을 맑게 만들어주는 곡을 연주하려 합니다. 그러면 통역자 분의 기침이 딱 멈출 겁니다."

사다미 씨를 흘끗 보았다. 흠칫 놀란 얼굴이다. 자루가 디제리두를 들고 중저음으로 부부부 하고 연주하기 시작했다.

1분이 조금 넘는 악구를 연주한 후에 자루가 말했다.

"어떤가요? 자, 보십시오, 기침이 멎었습니다."

기침을 참으려고 애쓰는 게 눈에 보였다. 사다미 씨 얼굴이 새빨갛다. 미안해서 기침을 할 수 없게 된 것이다. 눈에는 눈물이 차오른다. 더 이상 참지 못하겠는지 화장실로 냅다 달린다. 물을 내리며 기침을 마음껏 했을 것이다.

"아, 그리고, 작년 일본 대지진 때도 그랬습니다. 디제리두를 들고 곧장 바다로 달려가 쓰나미를 진정시키는 곡을 불었죠."

바다 저편의 머나먼 호주에서도 일본의 안녕을 기원했다는 말을 들으니 가슴이 뭉클해졌다. 감동하는 우리를 보고 자루가 말했다.

"내 연주 덕분에 쓰나미가 10미터 정도 낮아졌습니다."

그, 그건 아니지 않을까요?

웅대하게 살려면 참 힘들겠다 싶었다.

스키복의 행방

스키 타러 가자는 제안을 받았다. 정확하게 말하면 스노보드를 타자는 제안. 일할 때 도움을 많이 주시는 분이 설산이 너무 멋지다며 데려가주겠다고 했다.

나도 꼭 가고 싶었다. 올해는 일만 하지 말고 잘 놀고 많이 쉬자고 결심했으니.

"그런데 지난 5년간 제대로 타본 적이 없어서……."

"홋카이도의 파우더 스노우랑 숲 속에 쌓인 깨끗한 눈을 에리한테 꼭 보여주고 싶어."

다들 스노보드 타고 급경사를 활강하겠지. 둔해빠진 내가 따라가도 되는 걸까? 게다가 나 혼자 스키다.

"온천도 있어. 밥도 맛있어."

그 한마디에 가기로 마음을 정했다.

젊을 때는 스키장에서 이상형을 만날지도 모른다는 기대를 품고 갔지만, 나이가 드니 이런 제안이 들어와도 귀찮다는 생각이 앞선다. 내가 방해가 될지도 모른다는 걱정도 크다. 그런데 온천이라는 말을 들으니……

"오캉 집에 내 스키복 있지?"

당장 오캉에게 전화를 걸었다. 중학생 때 입었던 부끄러우리만치 화려한 스키복과 대학생이 된 후 스노보드가 유행할 때 산 캐주얼한 느낌의 스키복이 있을 것이다.

"……."

오캉이 전화기를 든 채 아무 말이 없다. 무슨 일인가 싶어 다시 한 번 물었다.

"같이 일하는 사람들이랑 스키 타러 가기로 했거든. 그래서 스키복이 필요해."

"화려한 거?"

오캉이 그렇게 물은 후 조용히 말을 이었다.

"그 화려한 거는 지금 엄마가 입고 있는데."

"응?"

무슨 말인지 이해되지 않았다. 오캉은 스키를 타본 적이 없다.

"그게 무슨 말이야?"

오캉이 자세히 설명한다.

"에리짱이 옛날에 입던 스키복을 엄마가 집에서 평상복으로 입고 있다고."

더 혼란스러웠다. 평상복으로 왜? 잠옷도 있는데.

"왜? 왜 그걸 집에서 입어?"

오캉이 대답한다.

"추워서."

그럴 리 없다. 오캉의 집은 바닥에 난방이 깔려 있는 데다 내가 사는 집보다 훨씬 고급이다. 오캉의 무릎을 생각하여 비교적 새로운 타입의 주거 공간을 마련해줬는데.

"무슨 말이야? 집 따뜻하잖아. 난방은? 난방."

"안 켰어. 아깝잖아. 그래서 스키복 입고 지내."

대체 왜 그러는 걸까? 돈은 충분히 드리는데도 이렇게 궁상을 떤다. 오캉이 몸에 딱 달라붙는 형광핑크색 윗옷에 두툼한 바지를 입고 스윽스윽 소리 내며 움직이는 모습을 상상하니 소름이 다 끼칠 지경이었다.

"가끔 귀찮아서 편의점에 그대로 입고 갈 때가 있는데, 보는 사람이 놀라긴 하더라. 갈아입고 나가야지 안 되겠더라고."

외출할 때는 스키복 벗고 나가라고 하는 것도 이상하다. 그러니까 집에서 스키복을 왜 입냐고!

"오캉, 스키복은 있잖아, 스키장에서 입는 거야."

일단 다짐을 받아놓으려는데 오캉이 화제를 바꾸려는 듯 물었다.

"아, 에리짱, 다른 것도 있잖아?"

그래, 맞다. 스노보더들과 섞여 있어도 튀지 않을 캐주얼한 스키복을 찾아야 한다. 그 순간, 서, 설마, 하는 생각이 들었다.

"설마 그것도……."

"입는데."

태평스러운 목소리가 돌아왔다.

"교대로 입어."

그래, 입는 건 좋다. 당분간 화려한 쪽을 입고 캐주얼한 건 돌려달라고 하려는데, 오캉이 왠지 주눅 든 목소리로 전화에 대고 우물우물하는 것이다.

"왜? 뭔데?"

"저기 있잖아……."

오캉이 힘겹게 입을 뗐다.

"소매가 있잖아, 너무 딱 붙어가지고……."

그건 그렇다. 눈이 들어가지 않도록 손목밴드로 조이게끔 되어 있다.

"갑갑해서, 잘랐어."

엉?

"눈이 들어올 텐데, 괜찮아?"

괜찮을 리가 없다.

그리하여 새것을 구입하기로……. 그 후로 일이 바빠서 결국 홋카이도로 출발하는 당일에 사러 갔다. 가게를 둘러봤지만 오랜만이라 어떤 걸 갖춰야 하는지 몰랐다. 오캉이 뒤에서 빨리 해, 늦겠다, 하고 시끄럽게 잔소리를 해대니 마음만 더 급했다.

"에잇."

나는 한 벌로 세팅된 스키복을 옷걸이째 움켜쥐고 계산대로 갔다.

"이거, 전부 주세요."

"네? 다른 색상도 한번 보시는 게…….."

"괜찮아요. 제일 잘 어울리는 것들로 코디해놓으신 거죠?"

실패 가능성이 적은 나의 쇼핑법. 차라리 프로에게 맡기는 편이 낫다.

홋카이도엔 눈이 많이 내렸다. 나는 프로 냄새가 물씬 풍기는 코디 덕분인지 의외로 잘 탔다. 눈보라가 치는 산속을 마음껏 활강했다. 다들 놀람.

"잘 내려오네!"

"꽤 잘 타는데?"

기뻤다. 잘 타는 건 절대 아니고, 어설픈 자세로도 뒤처지지 않고 따라갈 수 있어 다행이었다.

눈보라가 더 강해져서 도중에 휴게소에 들러 바람이 잦아들기를 기다리기로 했다. 따뜻한 커피도 얻어마셨다.

"감사합니다."

후후 불며 마시는데 "자, 이것도 써" 하며 뭔가를 내민다.

토끼 인형 같은 모자였다.

"어?"

"매점에서 팔기에 어울릴 것 같아서."

친구였다면, 에엣, 싫어, 하고 내쳤겠지만, 내 일에 도움을 주시는 분이 아닌가? 이걸 쓰면 내 얼굴 위에 토끼 얼굴이 떡하니 놓이게 된다. 모처럼 프로다운 스키복을 입었는데……. 일단 만져보았다.

"폭신폭신하다……."

한번 써보았다.

"어울려!"

"스키장에서 인기 끌겠는걸?"

집에서 스키복 입는 오캉과 스키장에서 토끼 모자 쓰는 딸.

도긴개긴이라고 생각했다.

면허 도전기

면허를 따지 않는 게 신조였다. 자동차 운전면허 말이다.

대학 시절 친구들과 같이 면허를 따러 가기로 했는데 다들 나만 "따지 마"라고 말렸다.

"에리는 덜렁이라 사고 낼 게 뻔해. 아예 면허 따지 마."

맞는 말이라고 생각했다. 그래서 만년 조수석으로 만족하자고 다짐했다.

그 후 사회로 나와 회사원이 되어서도 전철로 출퇴근했으니 불편할 일이 없었다.

면허증이 있었으면 좋겠다고 생각한 것은 회사를 그만둔 후다. 이동할 때 차가 있으면 좋을 테고, 여가가 생기면 드라이브라도 가고 싶었다. 누군가에게 태워달라고 조르는 방법밖에 없었다.

그런 내게 기회가 왔다. 2012년부터 시작하여 곧 1년을 맞는 J-WAVE의 라디오 프로그램이 'TOYOTA FRIDAY DRIVE with ELLIE'라는 이름으로 재편성된 것이다. 도요타가 후원하는 드라이브 프로그램이었고, 'with ELLIE'이니 당연히 내가 진행을 맡았다.

"실제로 드라이브하면서 게스트와 대화를 나누면 좋겠네요!"

그리하여 도요타에서 차를 빌려 게스트를 태우고 게스트와 관계있는 장소를 드라이브하며 수다를 떠는 식으로 진행하기로 했다.

"그럼, 그렇게 하기로 하고…… 운전은 에리 씨가 하는 거죠?" 하고 J-WAVE 쪽에서 물었다.

"어? 전 면허 없어요."

"네에엣!?"

그러고 보니, 면허도 없는데 이 프로그램을 맡아도 되나?

"그건 상관없겠지만, 누가 운전하느냐가 문제죠."

"으음, 그럼, 게스트?"

그리하여 제1회는 게스트인 록 밴드 키시단의 아야노코지 쇼 씨가 핸들을 잡기로 했다. 도쿄만의 바다 위 휴게소인 후미호타루까지 드라이브.

"출연해주셔서 감사합니다. 게다가 운전까지……."

"운전까지 시키시고"라며 쓴웃음을 짓는 쇼 씨. 그래도 드라이브를 좋아하니 괜찮다면서 흔쾌히 운전대를 잡아주었다.

그림이 안 좋긴 하다, 역시. 손님한테 운전을 시키고 진행자는 조수석에 편하게 앉아 있다니.

그리하여 2회째부터는 프로 운전사가 와주기로 했다. 운전은 운전사에게 맡기고 뒷좌석에 게스트와 나란히 앉아 재잘재잘 사담을 나눴다. 밀실 토크는 역시 흥이 난다. 스튜디오도 좋지만 마주앉으면 괜히 쑥스럽고 긴장도 되는데, 나란히 앉아 같은 경치를 바라보며 이야기를 나누니 대화가 술술 이어졌다. 게스트 중에도 비슷하게 느끼는 분이 많았다. PD도 이렇게 말했다.

"○○ 씨가 이렇게 편하게 이야기하는 거 처음 봤어요!"

"○○ 씨가 그런 속내까지 털어놓다니, 정말 깜짝 놀랐어요!"

카히미 카리 씨, 이시다 준이치 씨, 후지이 후미야 씨, 우주비행사인 모리 마모루 씨까지 다양한 분들이 게스트로 출연해주어 프로그램이 제법 안정되었을 무렵, J-WAVE의 호출을 받았다.

무슨 일인가 싶어 가봤더니 PD만이 아니라 영업, 편성국장까지 줄줄이 회의실로. 어? 프로그램 폐지하나? 싶었는데, 느닷없이 나한테 부탁이 있다고 한다.

"사실은 부탁이 있습니다."

뭐지? 무서워.

편성국장이 각오를 다진 듯한 얼굴로 말했다.

"면허를 따주셨으면 좋겠습니다."

국장이 한마디 던지자 모두 나를 향해 일제히 머리를 숙이는 것이다.

"부탁이에요! 면허 따세요!"

도요타의 요청이란다. 당연하다. 이런 날이 오리라고 어렴풋이 예상은 했었다.

"알겠습니다! 올해 첫 번째 목표로 삼겠습니다!"

일동 박수.

"그럼, 홈페이지에서 '면허로 가는 길'이라는 기획 연재를 진행하겠습니다. 일기를 쓰고 사진도 올리고."

PD가 말했다.

"좋아요!"

그리고 수개월이 흘렀다.

"에리 씨, 벌써 9월이에요. 운전 연습 몇 번 했어요?"

"일기가 전혀 안 올라오던데요!"

J-WAVE PD와 함께 히노마루 자동차학교에 가서 교과서랑 학생수첩을 받아들고 가슴 설렌 게 언제였던가?

"5월이었죠."

PD가 어이없다는 듯 말했다.

"네? 그렇게 오래됐어요?"

"업데이트해야 해요. 부지런히 가주세요!"

면허를 따는 것보다 사이트를 활성화시키는 것이 더 큰 사명으로 느껴졌다.

일하면서 짬을 내어 가려니 힘들었다. 또 수면 부족인 상태로 무리해서 가면 위험하니까. 안전이 제일이라 몸 상태를 봐서 무리하지 않기로 하니 아무래도 띄엄띄엄 가게 되었다.

"오미야 씨, 두 달 만의 운전이네요. 괜찮겠어요? 어떻게 하는지 기억나요?"

"네, 이미지 트레이닝은 열심히 했거든요."

그랬다. 스키 배울 때 코치가 "평소에도 스키 타는 상상을 하면 도움이 돼요"라고 말했었다.

"그렇다면 문제없겠네요. 자, 시동 걸어봅시다."

"네!"

씩씩하게 대답했지만.

"어······."

교관과 나는 나란히 앉아 앞 유리만 쳐다보고 있었다.

"오미야 씨?"

"네."

나는 여전히 멍청한 얼굴로 앞을 보고 있었다. 교관이 당황한 목소리로 말했다.

"두 발 다 페달에 올리셨네요······."

그랬다. 몸이 기억할 줄 알았는데 아무것도 떠오르지 않아 일단 두 개의 페달에 두 발을 하나씩 올렸다. 릴랙스, 편안하게.

"오미야 씨?"

"네."

"페달은 오른발로만 밟는 거예요. 왼발은 쓰지 않아요."

"아!"

맞다. 기본 중의 기본이잖아!

"아, 참, 맞아요, 깜빡했네요."

순간적으로 깜빡한 것처럼 둘러댄 것까진 좋았는데 그다음엔 또 어떻게 해야 하는지 기억이 나지 않았다.

"오미야 씨?"

할 수 없이 물었다.

"액셀이 어느 쪽이었죠?"

"……역시, 안 되겠네요."

"네. 솔직히 말씀드리면 시동 걸고 나서 뭘 해야 하는지도 생각이 안 나요."

교관은 한숨을 쉬며 사이드브레이크를 가리켰다.

역시 이미지 트레이닝은 도움이 안 되구나. 몸이 기억한다고 믿어선 안 되겠구나. 나는 이때 예전 같지 않게 몸도 뇌도 한풀 꺾였다는 걸 인정해야 했다.

인간 도쿄타워

예전에 딱 한 번 도쿄타워가 된 적이 있다. 그런 역할을 맡은 것이다. 도쿄타워 역할. 그렇다, 빨간, 철제로 된, 그것.

회사원 시절에 국회(局會)라는 모임이 있었다. 몇 개의 부서가 모여 국(局)을 이루는데, 그 국에 소속된 직원이 모두 모이는 결기 집회 같은 성격의 모임이다.

그 국회라는 모임에 '국원 여러분, 나오세요, 나갑시다'라고 촉구하는 내용의 국회 포스터를 만드는 것은 신입의 중요한 업무이기도 했다.

나는 광고대행사의 크리에이티브국 소속이었으니 국회 포스터는 좋은 등용문인 셈이었다. 여기저기 붙은 포스터야말로 나를 알릴 기회가 될 수 있으니. 포스터를 본 선배가 "오옷, 얘 센스 있네" 하고 눈여겨봐뒀다가 나중에 같이 일하자고 제안하는 경우도 종종 있다. 그러니 국회 포스터 제작 순서가 돌아오면 카피라이터와 디자이너가 팀을 이루어 철야를 불사하고 필사적으로 아이디어를 짜내어 만든다. 그 기회는 1년 차에게만 주어지는 건 아니고 대체로 3, 4년 차까지 돌아온다. 좀처럼 기회를 잡기 어려운 데다 만약 우리한테 돌아온다 해도 누가 맡을지 어떤 콘셉트로 나가야 할지 정해야 하므로 한자리에 모여 작전회의를 하는 등 힘겨운 과정이 기다리고 있다.

"어떻게 할까? 이번엔."

"장소는 어딘데?"

"도쿄타워래."

"굉장한 곳에서 하네."

"주제는 역시 도쿄타워로 해야겠지?"

"그래픽으로 멋지게 디자인할까?"

"그보다 점토로 귀엽게 표현하면?"

모두 사이가 좋으니 편하게 의견을 개진한다.

"어떤 콘셉트로 가면 좋을지 모르겠네."

광고로 치면 어떤 점을 어필하면 좋을까를 생각하는 단계다. '싸고 맛있다!'인지, '안락하다!'인지, 무언가에 대한 공감인지.

국회는 바쁘다는 이유로 빠지는 사람이 많기 때문에 '참석 안 하면 무시무시한 일이 벌어집니다'라는 식의 협박성 짙은 메시지가 포함되는 경우가 많았다. '가볼까?' 하고 솔깃하게 만드는 문구. '재미있겠다', '안 가면 손해' 하고 생각하게끔 흥미를 돋우는 디자인.

"협박성 메시지는 싫더라."

"재미있을 것 같으니 가야겠다, 가 좋겠지?"

사이좋은 동기 여섯이서 얼굴을 맞대고 의논 중이다.

"단순히 눈에 띄기만 해도 성공인걸?"

"호기심을 자극할 수 있으면 좋은데……. 뭐지, 이게? 하고 궁금해지는 것."

그럭저럭 방향이 정해지는 듯했다.

그때 한 남자 동기가 말했다.

"오미야가 만들면 되겠다."

"그래, 잔머리는 잘 안 쓰는 오미야가 제격이지."

"직감으로 뚝딱 해결하는 오미야가 최고야."

"나는 지금 바쁘니까 오미야가 해줘."

남자 다섯에 여자는 나 하나. 반강제로 떠맡고 말았다.

"그래! 오미야가 도쿄타워가 되는 거야!"

"전신 타이즈 입고 도쿄타워처럼 분장하면 어때!?"

"의상은 만들어줄게!!"

"……."

몇 시간 후 동기들이 새빨간 전신 타이즈를 사왔다. 디자이너

들은 히쭉히쭉 웃으며 골판지상자를 잘라 도쿄타워 옆구리쯤에 있는 전망대를 만들어주었다. 바닥을 도려낸 상자에 창문을 붙이고 치마처럼 입을 수 있도록 했다. 입으면 허리둘레에 전망대가 오도록 조절하여 어깨끈을 달았다.

한번 입어보기로⋯⋯. 빨간 전신 타이즈 차림으로 회사 로비에 우두커니 섰다. 눈을 둥그렇게 뜬 채.

"내, 내가 왜 이런 꼴로⋯⋯."

주변에 있던 파견 여직원이 웃는다.

"꺄아, 에리짱, 귀여워!"

귀여울 리 없잖아! 시키는 대로 전망대 장착.

"도쿄타워랑 똑같다!"

"그럼, 나머지는 부탁할게!"

다들 도쿄타워가 된 나를 남기고 각자 업무로 돌아갔다.

"⋯⋯너무해."

잠시 어찌할 바를 모르고 서 있던 나는 옆에 동기 I가 남아 있다는 걸 뒤늦게 알아차렸다.

"어?"

"오미야는 포스터 디자인 못하잖아."

그렇다. 나는 일러스트레이터나 포토샵 사용법을 모른다.

"같이 하자."

"그래 줄래? 고마워!"

우리는 도쿄타워가 된 내 모습을 포스터에 어떻게 적용할지 생각했다. 도쿄타워라면서 그냥 다리를 A자로 벌리고 서 있는 것도 좀……. 그 모습을 사진으로 찍어봤지만, 그래서 뭐? 라는 생각만 들 뿐이었다. 그때 문득 아이디어가 떠올랐다.

"도망 다니는 건 어떨까?"

"응?"

"도망 다니는 모습이 여러 곳에서 포착되어 사진에 찍힌 거야. 마치 도쿄타워가 사진 찍기 싫다면서 도망가는 것처럼. 재미있을까?"

도망치고 싶은 것은 내 솔직한 심정이기도 하니까. 말 그대로.

"좋네! 오미야의 깜짝 놀라는 표정도 재미있겠다."

"……."

나는 야근하던 사람들까지 모두 퇴근한 후에도 회사에 남아 빨간 전신 타이즈를 입은 채 허리에 전망대를 차고 넓은 회사 안을 뛰어다녔다.

도중에 I를 따돌리고 자유로워졌을 때 화장실에 들렀다. 컴컴한 화장실에서 머리카락을 정돈하는 여심을 지닌 도쿄타워.

"……제법 괜찮은 그림이네."

소녀 같은 마음을 가진 도쿄타워가 내 눈에도 애틋해 보였다.

잠시 후 만난 I가 여자 화장실 거울 앞에서 몸치장을 하는 내 모습을 사진에 담아주었다.

"나, 여자 화장실 들어온 거 처음이야."

I는 다른 부분에서 감동하고 있었다. 그 후에도 회사에 마련되어 있는 간식을 훔쳐 먹는 장면도 찍고, 부장님 책상에서 장난치는 것도 찍고, 복도에서 전속력으로 달리는 모습도 찍었다.

이만하면 됐다고 생각했을 때, I가 말했다.

"엘리베이터에서도 찍을까?"

나는 다른 사람이 탈까 봐 걱정이었다. 밀실인데……. 상황을 모르는 다른 부서 직원한테 들키면 창피하다.

"괜찮아, 지금은 새벽 2시야. 이 시간이면 영업부도 다 퇴근했지."

그렇겠지? 하며 올라탔다. 엘리베이터 안에 새침한 모습으로 서 있는 도쿄타워. 그림 좋다. 바로 그때, 띵 하는 소리와 함께 엘리베이터가 멈췄다. 누가 탄다! 그런데 숨을 데가 없다. 몸을 웅크릴 수도 없고 긴장한 채 그저 우두커니 서 있는 도쿄타워.

경비원 아저씨였다. 나를 흘끗 본 후로 시선을 외면하는 경비원 아저씨의 무표정한 얼굴. 어색한 공기. 아무것도 묻지 않는 경비원 아저씨 옆에서 숨죽인 채 위를 쳐다보는 나. I는 지금이 셔터 찬스라는 듯 연이어 셔터를 눌러댔다.

우리는 그 사진들에 국회 로고와 정보를 넣고 포스터로 제작하여 여기저기 붙인 후에야 귀가할 수 있었다. I는 장난꾸러기 소년처럼 키득키득 웃었다. 아침에 출근하면 다들 깜짝 놀라겠지.

이런 날엔 조금 늦게 출근해야 한다. 창피하니까. 그리고 나는 행사 날까지 '어떻게 너라는 녀석은……' 하며 고개를 절레절레 흔드는 사람들의 쓴웃음을 감내해야 했다.

지갑을 두고 왔네 2

"장보려고 마을까지 나갔지만 지갑을 두고 왔네. 유쾌한 사자에상!"

하지만 역시 유쾌하지 않았다. 이때 나는 장보려고 마을에 나간 것이 아니기 때문이다.

오사카에서 중요한 발표가 있어 아침 일찍 신칸센을 타기 위해 시나가와 역까지 택시로 달렸다.

"시간이 좀 급해서요, 죄송하지만 빨리 가주실 수 있을까요?"

아침에 택시가 안 잡혀서 바빠지고 말았다. 늦잠을 잤기 때문이기도 하지만.

"놓치면 큰일 나요."

나는 손에 꼭 쥐고 있던 신칸센 표를 펼쳐 출발 시간을 확인했다. 그러고 몸을 앞좌석으로 쑥 내밀었다.

"아, 저기서 오른쪽으로 가주세요! 그 길이 더 빨라요!"

미안할 정도로 운전사를 다그치고 말았지만, 무사히 5분 전에
도착.

"와아! 정말 감사합니다!"

계산하려고 주머니에 손을 넣었는데…… 지갑이 없다.

"어……."

이런 상황에서 유쾌할 리 있겠는가. 심하게 몰아쳐놓고 지갑
이 없다고 말해야 하다니. 하지만 시간이 없었다. 이 신칸센을 타
고 반드시 오사카에 가야 했다.

"죄송해요. 그렇게 재촉해놓고, 이런 말씀 드리면 놀라시겠지
만…… 지갑을 안 갖고 탔어요."

운전사가 눈과 입을 떡 벌렸다.

"어, 어떡합니까?"

어쩔 셈이야!! 에 가까운 말투. 당연하다. 하지만 내겐 생각할
여유가 없었다.

"명함 드릴게요. 기사님, 저희 회사에 전화해주세요! 여직원이
전화를 받을 거예요. 저도 전달해둘 텐데요, 그 직원한테 계좌번
호를 알려주세요. 넉넉히 드리겠습니다. 정말 죄송합니다!"

"에?"

"부탁합니다! 기사님도 명함 있으면 주세요! 그럼!"

나는 명함을 받아들고 택시에서 내렸다. 개찰구까지 전력질

주. 출발을 알리는 벨이 울리는 중에 무사히 신칸센에 올라탈 수 있었다. 타자마자 통로에서 사무실에 전화부터 걸었다.

"아, 전화 왔었어요. 처리 중입니다. 계좌번호도 확보했고 택시 회사에도 연락해서 사과와 감사의 말씀 전했으니 괜찮을 겁니다. 조심해서 다녀오세요."

다행이다. 정말 고맙다!

"아, 그런데 지갑 안 갖고 가셨다면서요? 신오사카에 내리고 나서 어떻게 하실 건가요?"

"......."

그렇다. 지갑이 없어도 신칸센은 탈 수 있었다. 차표를 지갑이 아닌 가방 주머니에 넣어뒀기 때문이다.

"지금은 아무 생각이 없는데, 어떻게든 방법을 찾겠지. 덕분에 살았어. 고마워."

전화를 끊고 자동문을 열고 자리에 앉았다.

"흐음......."

멍하니 앞을 보고 앉았다. 아까 뛸 때 짤랑짤랑 소리가 났었다. 가방을 뒤지니 210엔이 나왔다.

"커피는 마실 수 있겠다."

기뻤다. 예전에 파르코 백화점에서 개인전을 열었을 때도 비슷한 일이 있었다는 사실이 문득 떠올랐다. 다른 용무가 길어지는 바람에 개인전이 열리는 장소로 급히 택시를 타고 가야 했다. 운전사가 서둘러줘서 예상보다 일찍 도착했지만, 지갑이 없어 택시에서 내릴 수 없었다. 급한데⋯⋯. 내가 도착하기만을 기다리고 있을 파르코 관계자에게 차 안에서 전화를 걸었다.

"죄송한데요, 잠시 나와주실 수 있나요?"

파르코 관계자가 급히 지갑을 갖고 내려와서 택시 요금을 지불해주었다.

"죄송해요, 갚을게요. 곧 갚을게요."

그런데 말이다⋯⋯. 이번엔 개인전이 아니다. 프레젠테이션이다. 기획안을 발표하러 오면서 클라이언트가 기다리고 있는 건물 앞에 택시를 대놓고 지갑이 없다고 불러내는 건 아무래도 이상하다. 클라이언트에게 택시비 달라고 어떻게 말하나? 절대 못한다. 하지만 이번엔 달리 부탁할 사람이 없다. 일면식도 없는 사람한테 돈 빌려달라고 할 수도 없고. 이리저리 고민하다 보니 배가 쿡쿡 쑤시기까지. 그때 한 남자가 내 옆자리에 털썩 앉았다.

'옆자리에 사람이 있었네. 다른 자리도 많이 비었는데 넓은 데 가서 앉지' 하면서 봤더니, 요시모토 흥업 소속 개그맨인 이타오 이츠지 씨가 아닌가?

"내 자리는 여기서 멀어. 담배 피우려고 흡연 코너로 가는 중에 보니 오미야가 있는 거야."

이타오 씨가 싱긋 웃으며 다시 말을 이었다.

"오미야, 오랜만이네!"

나는 그의 웃음에 화답할 새도 없이 진지한 얼굴로 한마디 던졌다.

"이타오 씨, 돈 빌려줘요."

이타오 씨가 놀라서 눈을 둥그렇게 떴다.

"응?"

"지갑을 안 갖고 왔어요."

나는 그때 오랜만에 만나 기뻐하는 이타오 씨에게 인사할 여유도 없었는지 거의 매달리듯 이렇게 말해버렸다. 이타오 씨는 "이런 덜렁이" 하면서 까만 지갑에서 2만 엔을 꺼내주었다.

"이렇게 많이 필요 없어요. 5천 엔이면 돼요."

"오사카 가잖아. 무슨 일이라도 생기면 어쩌려고. 나중에 갚으면 되니까 2만 엔 들고 가. 또 도쿄까지 올라와야 하잖아."

듣고 보니 그런 것 같아 감사히 돈을 빌렸다.

"나 만나서 다행이었네. 어쩔 셈이었어?"

"넋 놓고 있었죠. 주머니랑 가방을 뒤졌더니, 이렇게……."

손바닥 위의 210엔을 보여주었다.

"아하하하."

또 다른 어느 날. 마찬가지로 사자에상이 되었다. 책자 제작을 의뢰하고 싶어서 디자인 회사에 가는 중이었다. 반드시 맡아주길 바랐기에 전화로는 부족하다 싶어 만나서 부탁하려고 택시를 잡아탔다. 상대가 바쁜 사람이라 오늘 2시부터 30분밖에 시간을 낼 수 없고, 그때를 놓치면 일주일 후나 되어야 만날 수 있다고 한다. 당장 가야겠다고 생각했다.

'이 사람이 맡아주면 훌륭한 결과물이 나온다. 내 고객도 기뻐할 것이다.' 택시 안에서 그런 생각을 하다가 막상 도착했을 때 지갑을 안 갖고 탄 사실을 알았다. 결국 그 사람에게 전화를 걸어 사정을 말했다.

"책자 제작을 부탁하러 온 사람인데요, 그 전에 한 가지 부탁이 더 있습니다. 택시비 좀 빌려주실 수 있나요? 지금 당장이요."

나중에 클라이언트를 모시고 방문했을 때, 사람들 앞에서 그가 말했다.

"오미야 씨가 택시까지 타고 일을 부탁하러 와줬습니다. 지갑을 안 갖고 타는 바람에 택시에서 내리지 못했지만요. 아아, 진심으로 내가 맡길 원하는구나 싶었죠. 지갑을 깜빡할 정도로 마음이 급했다는 뜻이니까요."

클라이언트가 그 말을 듣고 무척 기뻐했다. 사실은 그게 아닌데. 그냥 덜렁이일 뿐인데. 덕분에 훈훈한 스토리로 마무리되었다. 이 경우는 조금 유쾌한 사자에상이었던 것 같다.

장안의 화제 '라인'

나는 휴대폰 콘텐츠나 서비스 속도를 따라가기가 늘 벅차다고 느낀다.

어느 날 같이 일하는 분이 술집에서 만났을 때 이렇게 물었다.

"에리, 라인(LINE, 일본 스마트폰 사용자 대다수가 이용하는 국민 채팅앱 – 옮긴이) 해?"

"그게 뭐예요?"

"어? 라인 몰라?"

나는 그분에게 잘 보이고 싶었는데 라인도 모르는 나한테 실망했나 싶어 좀 풀이 죽었다. '몰라?'에 이런 뉘앙스가 담겨 있었기 때문이다.

'나는 왜 그런 것도 모를까? 트렌드를 따라가지 않고도 여태까지 일해왔다는 게 더 신기해!'

피해망상인지도 모른다. 하지만 그 이상 물을 수 없었다. 라인이 뭐예요? 가르쳐주세요, 라고 요구할 수 없었다. 일일이 가르쳐 줘야 하다니 귀찮아! 앞으로 라인 하는 사람이랑만 소통할 거야. 바이, 바이! 뭐 이런 분위기도 느꼈기 때문이다.

상관없다. 그렇게 생각했다. 그래도 나는 라인 안 할 거다! 휴대폰도 갈라파고스 폰(피처폰 같은 일본의 구형 휴대폰을 칭하는 말 – 옮긴이)인데 뭐.

"에리, 아직 가라케(갈라파고스 휴대폰의 줄임말 – 옮긴이) 써?" 하고 친구가 놀란 적이 있다. 나는 가라케 뜻도 모르고 순간적으로 발끈했다.

"가라쿠타(잡동사니라는 뜻 – 옮긴이) 같은 휴대폰이라는 뜻이야?"

어떤 걸 스마트폰이라고 하는지 잘 모르겠다. 납작한 휴대폰을 말하는 건가? 아이폰같이 생기면 다 스마트폰인가? 일단 아이폰은 사진 찍는 용도로 갖고 있긴 하지만 전화로는 사용해본 적이 없다. 즉, 카메라 역할이다. 전화는 줄곧 도코모(docomo)의 폴더폰을 애용해왔다.

그런 나도 전환기를 맞게 되었다.

"에리, 라인 하자."

또 라인…….

"응? 나 안 하는데. 할 줄 몰라."

그랬더니 친구가 아이폰 좀 줘봐, 라고 한다. 틱틱 눌러 등록 완료.

그 후로 며칠간 라인이라는 존재를 잊고 살았다. 등록했다는 사실조차. 그러던 어느 날 아침, 내 아이폰이 부르르 진동했다.

"어? 뭐지?"

전화로 쓰지 않으니 연락 올 일도 없다. 전화는 여전히 도코모의 가라케를 이용하니까. 카메라용인 아이폰이 갑자기 진동하니 고장이라도 났나 싶어 무심코 아아! 하고 소리 지르면서 아이폰을 집어 들었다. 그런데 라인 아이콘에 나 좀 봐달라는 표시가 찍혀 있는 게 아닌가! 아아앗! 마침내 라인을 시작할 시점이 내 눈앞에 닥쳤다.

아이콘을 터치해보았다. 그림이 하나 도착해 있었다. 이게 사람들이 말하는 스탬프란 건가? 인기 캐릭터가 독특한 포즈로 메시지를 전하는 그림이다. 우표 같은 느낌이랄까? 인도에 체류 중인 친구가 보낸 것이었다. 인기 만화《오소마츠 군》에 등장하는 이야미라는 캐릭터가 잔뜩 지쳐 있는 모습. 힘들다는 게 바로 느껴진다. 비트적비트적 걷는 자세. 인도는 너무 덥다는 뜻인 것 같기도 했다. 나도 뭔가 보내고 싶어 이리저리 살펴보니 구입하지 않아도 되는 무료 스탬프가 이미 등록되어 있었다. 유명 캐릭터는 아니지만 심플한 것으로 하나 보냈다.

"이거 편하네."

스탬프를 보내는 것만으로 대화가 성립된다. 메시지를 입력해도 되지만 그림만으로도 대화가 가능하다. 옛날 어린 시절에 즐겨 했던 스티커 교환과 비슷한 놀이인가? 좋아하는 스티커나 카드를 친구와 주고받았던 기억이 새록새록 떠올랐다. 결국 어른의 세계에서도 동심을 깨우는 놀이가 유행할 수밖에 없는 것인가.

나는 그 놀이에 완전히 푹 빠져서 친구에게 여러 표정의 스탬프를 연이어 보냈다. 하지만 내가 갖고 있는 스탬프는 떡 캐릭터. 어떤 표정을 골라도 어차피 떡이었다. 그러다 메시지가 날아왔다.

'귀찮은가 보네.'

깜짝 놀라, 왜? 라고 물었다.

'스탬프가 엄청 많이 왔는데 전부 떡이잖아. 갖고 있는 게 없어서 그런가?'

'……'

그렇군. 스탬프는 종류별로 많이 갖고 있어야 한다는 사실이 판명되었다. 실제로 친구는 오소마츠 군도 보내고 천재 바카본도 보내고 베르사유의 장미의 오스칼도 보냈다. 오스칼이 웃호호호 하고 웃다니 재미있잖아.

"좋겠다……."

이러고 노는구나……. 스티커를 교환한다 해도 계속 똑같은 떡 스티커만 내밀면 아무도 쳐다보지 않겠지. 구매 사이트에 들어가 보았다. 종류가 많았다. 그중 마음에 드는 캐릭터 발견. 오스칼이 아니라 라스칼이다. 미국너구리 라스칼이 사과를 씻는 모습, 잔뜩 먹어 배를 내밀고 있는 모습, 울고 있는 모습, 자전거 바구니에 타고 기분 좋게 바람을 맞으며 달리는 모습…… . 다양한 스탬프가 있었다. 즉시 구매.

내게 라인이라는 걸 처음 가르쳐주었지만 하는 방법은 알려주지 않았던 그분에게 며칠 후 스탬프가 도착했다. 꽤 격이 높다. 고르고13과 기타로의 눈알 아저씨. 그러나 내겐 라스칼이 있다. 이젠 떡이 아니다. 라스칼 중에서도 가장 마음에 들었던 것을 보냈다. 그러자 엉덩이를 내밀고 있는 짱구가 날아왔다. 나는 또 라스칼이 까마귀와 싸우는 스탬프를 보냈다. 치비마루코쨩의 충격받은 얼굴이 도착했다. 뒤이어 마루코의 할아버지가 고개를 갸우뚱하는 스탬프에 이어 지금 뭐해? 라는 메시지가 도착했고, 마침 그때 술을 마시고 있었던 터라 라스칼이 드러누워 와인병으로 나팔을 부는 스탬프를 보냈다. 결국 나는 모든 스탬프에 라스칼로 답했다. 상대는 스탬프를 공들여 선택했을 텐데…… . 그 후에도 계속 다양한 스탬프가 날아와 곤란했던 나는 한꺼번에 스탬프 폭탄을 보내기로 했다.

모든 종류의 라스칼을 연이어. 톡, 톡, 톡, 톡, 여러 포즈의 라스칼을. 울고, 웃고, 사과를 썼고, 나무에 오르고, 까마귀와 싸우고, 코를 풀고, 우편물을 배달하고…….

이건 더 이상 대화가 아니었다. 그 후에 온 답장은 이러했다.

'다음에 봐!'

신의 계시

친구의 제안으로 인디언 의식에 참가했다, 고 하면 다들 응? 할 테니 일단 설명부터 해야 하리라.

시모키타자와에서 친구 N짱과 만나기로 했다. 약속 시간에 맞추지 못할 것 같아 미리 양해를 구했더니, N짱이 시모키타자와에선 혼자서도 얼마든지 시간을 때울 수 있다고 하여 그 따뜻한 배려를 덥석 받아들여 조금 늦게 나섰다.

간신히 일을 끝내고 시모키타자와에 도착. 카페에 들어가자마자 N짱이 흥분된 목소리로 말했다.

"조금 전까지 돌 가게에 있었거든."

파워스톤 가게를 말하는 것이리라.

"거기서 스웨트 로지(sweat lodge, 인디언 식의 한증막) 체험 신청을 할 수 있대. 같이 안 갈래?"

뭘까? 그게.

"인디언 의식이야."

더욱, 뭘까? 그게. 굉장히 수상한데.

"미국 인디언이 야외에서 하는 의식이야. 돔 안이 엄청 뜨겁거든. 그 안에 들어가서 땀 흘리며 몸속의 유해물질을 제거하고, 기도 같은 것도 하고, 그러면 과거가 깨끗해진대. 어떤 사람은 울기도 하고 소리 지르는 사람도 있대."

엄청 무섭다. 소리 지르다니, 뭔가 수상하잖아.

"갈래?"

"으음, 그래."

그런 경험, 쉽게 할 수 없잖아. 의식이라잖아. 인디언이라잖아. 소리 지르는 건 좀 무섭지만 뭔가 깨달음을 얻는다는 건 귀한 경험일 테고, 그럼으로써 나의 미숙한 부분을 극복할 수 있다면 정말 기쁘겠다고 생각했다.

연말연시에 하와이에 가서 어느 히피의 집에 묵었을 때, 심신이 자연에 녹아들어 비로소 육체로부터 해방된 듯한 느낌을 만끽한 적이 있다. 어쩌면 인디언 의식도 나를 해방시켜줄지 모른다. 그들도 스웨트 로지라는 걸 권했었다는 사실이 뒤늦게 떠올랐다.

"그럼, 결정! 신청해둘게!"

그러고 N짱은 "아, 이거" 하면서 파워스톤 봉투에 잔뜩 든 돌중에서 하나를 꺼내어 나에게 건넸다.

"이거 귀엽지? 에리한테 어울릴 것 같아서 샀어."

도깨비 모양의 투명한 얼음사탕 같은 돌이었다. 어떤 용도로 쓰는 걸까? 잘 모르지만 N짱이 골라줬다고 생각하니 사랑스럽게 느껴졌다.

"이따금 너무 귀여워서 혀로 핥아주기도 해. 손바닥에 올리고 보는 것만으로는 성에 안 차."

어…… 핥는다고? 그러고 보니 그녀의 남편에게 이런 이야기를 들은 적이 있다.

"우리 집사람이 천사가 깃든 식물이라며 친구한테 화분을 받아온 적이 있거든요. 그 친구, 왜 이상한 말을 하고 그러나 싶었는데, 집사람이 정말이네! 천사가 들어 있네! 하는 거예요."

"정말요?"

"아, 이 천사, 남자아이네! 라고도 했어요."

나는 기가 막혀 입을 떡 벌렸다. 남편도 놀랐다고 한다. 하지만 왠지 가슴 따뜻해지는 이야기 같기도 했다. 천사의 성별은 어떻게 판별했을까?

"정말 보였어!"

영적인 내 친구 N짱이 그렇게 말한 후 "스웨트 로지 기대된다!" 하고 미소 지었다.

몇 개월이 눈 깜짝할 사이에 지나, 마침내 인디언 의식 당일이 되었다. 결코 저렴하지 않은 참가비를 지불하고도 내용은 전혀 모른 채 정해진 장소로 방문했다. 손님은 우리 둘과 가나가와에서 왔다는 아가씨와 도와주러 왔다는 단골손님밖에 없었다. 이날 의식을 집행하는 사람은 인디언에게 직접 배우고 계시를 받았다는 H씨. 그리고 남녀 조수 두 사람. 이렇게 총 일곱 명이 군마 현의 산속에 모였다.

가는 길 내내 어쩐지 수상쩍은 것 같고 무서웠지만, 도착하자마자 그런 걱정은 날아갔다. 장소가 굉장히 쾌적하고 기분 좋은 곳이었기 때문이다. 상쾌한 바람이 불고, 나무들이 흔들리고, 강이 흐르고……. 아아, 좋다, 즐겁다, 하고 진심으로 생각했다.

모인 사람들 모두 이 길을 오랫동안 추구해서인지 언뜻 보기에 인디언 같아 보였다. 나 같은 세속적인 사람과 달리 진지하고 성실했다.

"우선 풀을 뽑아주세요."

비싼 돈을 지불하고 잡초를 뽑아야 한다는 말에 우리는 충격을 받았다. 의식을 행할 광장을 만들려면 제초가 필요하다고 한다. 흙바닥의 동그란 광장을 만드는 것이다. 한 시간 정도 뽑았는데 H씨가 걱정스러운 얼굴로 다가와 말을 걸었다.

"너무 열심히 하지 마시고 적당히 쉬세요. 물도 마시고 나무 그늘에 좀 눕기도 하시고요."

상반신을 노출한 인디언 차림의 H씨는 의외로 다정한 사람이었다.

"아뇨, 괜찮습니다!"

진심이었다. 풀을 뽑고 있으니 신기하게도 생각이 단순해지고 잡념이 사라졌다. 그 대신 다양한 아이디어가 샘솟았다. 내가 정말로 하고 싶은 일은 이런 것이었다는 깨달음, 잊고 있었던 소중한 것들……. N짱에게 그렇게 말했더니 "나도!"라고 한다. 잡초 뽑기를 돈 주고 열심히 한 보람이 있었는지 의식을 거행하기 위한 마음의 준비가 되어가는 듯했다.

우리가 풀을 뽑는 동안 다른 사람들은 나무껍질을 벗겨 불을 붙일 채비를 했다.

불을 피우는 건 신성한 의식이다. 인디언 세례를 받은 H씨(귀찮으니 앞으로는 인디언 선생이라 부르겠다)와 그 제자가 옆에서 북을 치고 피리를 불고 노래를 부르기 시작했다. 인디언 노래다. 나는 인디언과 아무런 인연도 관계도 없는데 왜 그런지 가슴에 그리움이 사무쳤다. 그때 인디언 선생이 모두를 향해 이렇게 외쳤다.

"지금 여러분이 이곳에 있는 것은 우연이 아닙니다. 필연입니다. 우리는 오랜 옛날 만난 적이 있습니다. 지금 재회한 것이지요. 버팔로의 노래를 부를 테니, 여러분, 그때를 떠올리며 같이 불러주시기 바랍니다."

다들 네! 하고 대답하는데, 나만 응? 했다.

왠지 부를 수 있을 것 같기도 했지만, 진짜로 부를 수 있을 리가!

"○△□× ♪"

놀랍게도 N쨩이 즐거운 표정으로 버팔로의 노래를 부른다! 곡이 끝난 후 "어떻게 불렀어? 알고 있었어?"라고 물으니 "어? 내가 불렀어?" 한다. 눈에 천사도 보이고, 천사의 성별도 아는 친구이니. 그녀와 달리 나는 보통사람. 분했다.

보통사람이라 그런지 자꾸 신경이 쓰였다. 아까부터 이웃집이…… 꽤 가까운 거리에 집이 있는데……. 저 집에 사는 사람, 화나서 쫓아오지 않을까? 자연을 숭배하는 것이 폐가 되는 일은 아니겠지만, 그래도 무슨 사이비 종교라고 오해하지 않을까? 커다란 버팔로 뼈도 있고, 인디언 선생이 이따금 "아와와와아!" 울부짖기도 하고……. 멀리서 보면, 이렇게 말하려니 미안하지만, 그냥 이상한 사람들이 맞다. 거센 항의가 들어오진 않을까? 허가는 받았을까? 아니, 안 받았을 거야. 항의하러 오면 어떻게 설명하나?

"인디언 의식입니다."

"어머니 대지와 아버지 하늘에 감사를 바치고 있습니다."

그렇게 설명하면 '아, 그렇습니까?'로 끝나진 않을 것이다.

불꽃이 과감하게 가장 굵은 장작으로 달려들자 불기둥이 웅장하게 치솟아 올랐다. 굉장하다, 역시 미국 본토에서 배운 기술은 다르구나.

"잠시 쉽시다."

인디언 선생의 제안에 다 같이 나무 그늘로 들어가 담소를 나눴다. 나는 궁금했던 점을 선생 말고 그의 제자라는 여성에게 물었다.

"저 집에 사는 분들이 항의하러 오지 않나요? 버팔로 뼈도 있고, 섬뜩할 것 같은데."

그러자 싱긋 웃으며 이렇게 대답했다.

"사실은 어제 설득에 성공했어요. 가까스로 납득해주셨죠."

어…… 어, 어제!

"지난 4년 동안 여기서 줄곧 해왔거든요. 그런데 어제 비로소 이해해주셨어요."

진짜야? 4년간 별일 없어서 다행이다. 저기 사는 사람들, 참 착하다, 잘도 참았네, 라고 생각했다.

"이번에는 목욕탕도 제공해주기로 하셨어요."

진짜 엄청 좋은 분이다. 나와 다른 방식으로 사는 타인을 배척하기보다 이해하려고 노력하는 사람이 있다는 사실에 내 마음이 평화로워졌다. 어떤 분들일까?

"장애가 있는 이들에게 그림을 가르치는 분이에요. 숙박시설로도 운영하고요."

그렇군, 멋지다.

어느 정도 휴식을 취한 후 의식을 거행하기 위한 돔 만들기에 돌입했다. 동그란 나무틀로 반구형 돔을 만들고 그 위에 차광 천을 몇 장이나 덮었다. 이불도 덮었다. 이러면 안이 무척 뜨겁겠다.

조금 전 불기둥 같았던 모닥불에 구운 용암석을 돔 안에 거의 한나절 동안 넣어두고 다 같이 응시한다. 노래와 북소리가 이어지는 동안 로지가 용암석의 열로 뜨거워져 말 그대로 땀이 줄줄 흐르는 것이리라.

"땀을 흘리고 나면 상쾌해져요. 들어갔다 나오면 마치 다른 사람이 된 것처럼 마음이 열리면서 온갖 트라우마에서 해방되죠."

단골손님이 지금부터 들어갈 스웨트 로지에 대한 우리의 기대감을 한층 부풀렸다.

"설렌다……"

혼자서 참가한 아가씨가 말했다.

밤이 되었고 드디어 의식의 시작이다. 의식 마지막 순서에 인디언 선생으로부터 계시가 있을 것이라고 한다. 나는 어떤 계시를 받을까? 어떤 트라우마에서 해방될까? 과연 N짱은 또 천사를 보게 될까? 아니라면, 이번엔 무엇을 보게 될까? 혹시 인디언이 되는 건 아닐까?

의식이 시작되었다.

"미타쿠예 오야신! 하고 외친 후에 안으로 들어가면 됩니다."

'미타쿠예 오야신'은 인디언 말로 '자연계에 감사'라는 뜻이라고 했다. 순서가 돌아왔다.

"……."

나는 긴장했기 때문인지 불신감 때문인지 그 짧은 단어마저 잊고 말았다.

"음."

모두들 나를 보고 있다. 인디언 선생이 얼른 하라고 신호를 주었다.

"……뭐, 뭐였더라."

"미타쿠예 오야신."

"아아, 아아, 맞다."

"하세요."

"미……."

다들 잘하는데 나만 이렇다. 더위 때문인지, 역시 믿음이 부족해서인지.

"미타쿠예 오야신."

돔 안으로 들어가니 깜깜했다. 칠흑 같은 어둠이어서 조금 무서웠다.

다들 동그랗게 모여 시뻘겋게 타오르는 용암을 응시했다. 인디언 선생이 또 노래를 부르기 시작했다. 자연에 대한 감사의 말을 신 앞에 늘어놓으며 한 번씩 용암석에 물을 끼얹었을 때마다 수증기가 지지직거리며 힘차게 피어올랐다. 안 그래도 더워서 땀이 줄줄 흐르는데, 뜨거운 증기 때문에 거의 한증막 상태다. 하지만 불쾌한 땀이 아니다. 몸이 가벼워지는 느낌이었다.

"이 돌은 지구가 생성되었을 무렵을 기억하고 있습니다."

인디언 선생이 그렇게 말하면서 또 일곱 개의 용암석에 물을 끼얹었다. 7은 일곱 개의 대륙을 의미한다고 한다.

반짝반짝 빨갛게 빛나는 돌을 보고 있으니 신기하게도 오래전 내 선조에 대한 기억이 되살아나는 듯한 묘한 기분이 들었다.

의식이 끝나고, 다들 땀투성이가 된 채로 돔에서 나왔다. 드디어 인디언 선생에게 계시를 받을 시간이다.

옆에 있던 단골은 "당신에겐 날개가 있습니다. 스스로 자신을 속박하지 말고 멀리 날아가세요"라는 말을 듣고 오열했다. 고민이 있을 때 그런 계시를 받으면 나라도 울 것 같다. 인디언 선생의 계시가 한 사람당 약 3분씩 이어졌다. N짱에게는 "지금부터 당신의 진정한 인생이 시작됩니다. 좀 더 자기답게 살도록 하세요"라는 계시가 내려졌다. N짱이 코를 훌쩍거린다. 응? 울어? 자, 마침

내 내 차례. 두근거리며 계시를 기다렸다.

"당신은 메신저입니다. 해야 할 일이 많아요. 열심히 하세요."

계시는 끝났다. 응? 끝이야? 위로의 말은? 날개 같은 건?

나는 불복했다. 인디언 선생에게나 신에게 불복해선 안 된다고 생각했지만 아무래도 납득이 가지 않았다. 의식이 모두 끝난 후 큰맘 먹고 인디언 선생에게 항의하러 갔다.

"저는 이제 그런 거 싫어요. 일하기 싫습니다."

N짱이 불평을 쏟아놓는 내 뒤에서 폭소를 터뜨려도 나는 신경 쓰지 않았다.

"응, 응, 그렇지요."

인디언 선생은 화내지도 않고 내 불만을 끝까지 들어주었다.

"저는 더 이상 일하기 싫어서 여기 왔는데 열심히 일하라니 너무하잖아요!"

나의 불만을 듣고 인디언 선생이 말했다.

"괴로워지면 물이 도와줄 겁니다. 강에 가는 것도 좋아요. 자연의 힘을 빌리세요. 그러면 깨닫게 될 겁니다. 괜찮습니다."

"네? 뭘요? 뭘 깨닫게 되나요?! 물이 도와준다고요?!"

그때 갑자기 천둥이 쳤다. 굉음이 들린 직후 비도 억수같이 쏟아졌다. 모두 비명을 지르며 저 멀리 목욕탕을 빌려주기로 했던 집으로 달렸다. 나는 흠뻑 젖은 채 달리면서도 왠지 기분이 후련해지는 걸 느꼈다. 처마 밑에 이르렀을 땐 이런 생각마저 들었다.

'메신저도 괜찮지…….'

신기하게도 그런 생각이 들었다.

처마 밑에서 잠시 비를 피하며 빗줄기를 바라보다가 겸연쩍은 표정으로 옆에 있는 인디언 선생에게 말을 건넸다.

"마음이 차분해졌어요. 메신저로서 노력해보고 싶은 의욕도 생기고요. 어떻게 된 걸까요?"

그가 미소 띤 얼굴로 말했다.

"물이 당신을 도왔네요."

인디언 선생은 흠뻑 젖은 채 놀라는 나를 보고 부드럽게 미소 지어주었다.

여자에게 머리카락이란

　머리카락은 여자의 생명이다. 그래서 드라이는 시간 들여 꼼꼼히 하는 편이다. 특히 방송에 나갈 일이 있을 때는 헤어 디자이너가 예쁘게 정돈해준다. 그런데 머리카락의 건강은 그런 것과 관계없는 모양이다. 헤어 세팅은 화장에 지나지 않는다. 스킨케어처럼 머리카락도 케어가 필요하다.

　바빠서 반년이나 미용실에 가지 못했다. 앞머리는 직접 잘랐다. 시야는 그럭저럭 확보되었지만, 두 가지 곤란한 점이 있었다.

　그중 첫 번째. 머리카락이 사방으로 퍼지거나 삐죽삐죽 삐져나오고, 앞머리에도 어중간한 머리카락이 늘 몇 가닥씩 섞여 있다. 옆머리로 하자니 짧고 앞머리로 하자니 길다. 너는 대체 어디서 자라난 털이냐? 튀어나온 놈은 잘라버릴 수밖에 없다. 그래서 외출하기 전에 늘 싹둑싹둑 자른다. 그때마다 잘리지 않아도 될 머리카락이 여러 가닥 잘려나간다.

어느 날 남자사람친구 M이 내 얼굴을 보자마자 대뜸 이렇게 말했다.

"으아, 뭐야? 에리, 얼굴에, 눈 주위에 까만 게 잔뜩 붙어 있어."

그러고 눈살을 찌푸렸다.

"어?"

까만 거라니, 뭐지? 화장이 망가졌나? 놀라서 거울을 봤더니, 뭐야, 아침에 자른 앞머리였다.

한참 전에 나랑 서서 이야기 나눴던 여자사람친구 N짱. 아침부터 같이 있었는데 왜 아무 말 안 했지?

"얼굴에 쓰여 있잖아. 오늘 앞머리 잘랐습니다, 라고. 자잘한 머리카락이 여기저기 붙어 있길래, 아아, 아침에 자르고 왔구나, 앞머리가 길어서 불편했구나, 싶으니 미소가 저절로 나오더라" 하고 그녀는 또 미소 지으며 말했다.

"그래도 말해줬어야지" 하고 내가 따졌다.

"그런 건 신경 안 쓰잖아?" 하고 N짱이 반박한다.

"그렇긴 하지만."

듣고 보니 그렇다. 왜 나라는 인간은 이렇게도 무감각한 것인가. 거울을 봤을 때 보통은 "어멋! 앞머리 자른 게 붙어 있었어!" 하고 부끄러워할 텐데, "뭐야, 아침에 잘라낸 앞머리였구나" 하고 나는 까만 물체의 정체에 안심했다. 그러고 아무렇지도 않게 짧은 머리카락을 얼굴에서 떼어내거나 털어내거나 했다. 이러면 안 되는데…… 매일 아침 앞머리를 잘라야 하는 상태라는 것부터가 이상한가?

한 가지 더 곤란한 점은 머리카락 끝이 갈라지는 문제다. 트리트먼트는 집에서도 하는데, 한동안 미용실에 안 가면 상하는 게 눈에 보인다. 뻣뻣하고 갈라진다. 특히 택시를 타고 이동하는 중에 무의식적으로 머리카락을 손가락으로 빗어 내리는 경우가 있는데, 손가락이 끝까지 내려오지 않는 건 당연하고 머리카락 끝이 툭툭 끊어져 시트에 자잘한 털이 수북할 정도다. 그러니 택시에서 내릴 때 시트에 떨어진 머리카락은 손으로 줍고 스커트에 붙은 머리카락은 택시 바닥에 떨어지지 않도록 조심조심 부여잡고 밖으로 나와야 한다.

이래선 안 된다! 가는 곳마다 영역 표시라도 하듯 털을 떨어뜨리다니! 내 흔적을 남겨서 어쩌겠다는 건가!

오랜만에 쉬는 날이 생겨 미용실에 갔다. 반년 만이었다. 담당 미용사가 내 머리카락을 보더니 슬퍼한다.

"에리 씨…… 머리카락이, 인간이 아니에요."

"그렇죠……."

"동물 같아……."

"차우차우 같죠?"

"네."

담당 미용사 M씨는 늘 방긋방긋 웃는 데다 스타일도 좋고 귀엽다. 나보다 내 머리카락을 더 사랑해주는 사람이다. 아니, 모든 사람의 머리카락을 사랑한다. 그러니 손님이 부스스한 머리를 하고 나타나면 슬픈 표정을 짓는 것이다.

"영양을 듬뿍 넣어드릴게요."

그녀가 진지한 얼굴로 말했다.

"아, 부, 부탁드려요."

샴푸실로 가서 샴푸를 하고 영양제 같은 걸 바르고 수건으로 닦고 바로 그 자리에서 머리카락을 자른다. "저 자리로 가서 앉아주세요"라고 하지 않고 샴푸실에서 자르다니 꽤 긴급한 상태인 모양이다.

"머리카락 끝이 다 갈라졌어요. 잘라도 되죠?"

"물론이에요."

머리카락이 사르르 사르르 떨어진다.

"영양제를 한 번 더 바를게요. 조금 차갑습니다."

치익치익. 차가운 액체가 머리에 닿았다. 두피 각질을 관리해주는 액체일까?

"스트레이트파마도 하시죠. 머리카락이 제멋대로 뻗치네요."

두 시간 후. 어머나, 신기해라.

"어멋?"

"놀랍죠? 머리카락만 손질해도 이렇게 달라져요, 에리 씨!"

미녀에게 이런 꾸지람을 듣고 왠지 기분이 좋아진 나. 그런데 진짜다. 머리카락이 매끈매끈, 아니, 몽실몽실하다.

"손으로 빗어보세요."

어머나, 신기해라. 손가락이 스르르 통과하네.

"머리카락이 안 끊어진다······."

낙엽처럼 우수수 떨어지던 머리카락이 윤기와 탄력을 되찾아 전체적으로 생기 있어 보였다.

"앞으로 두 달에 한 번은 관리하러 오세요. 여성의 머리카락은 관리가 중요해요."

차든 집이든 뭐든 관리가 중요한 것 같다. 그때 점장이 다가와 놀란 표정으로 말을 걸었다.

"앗, 완전히 다른 사람이 돼버렸네?"

"그렇죠? 머리카락이 깔끔해지니. 덕분에 예뻐졌어요."

"헤어가 정돈되어 있으면 단정한 사람으로 보여."

그 말이 맞다. 여자의 머리카락은 패션의 일부인가?

"참, 에리 씨. 이번 기회에 파나소닉에서 나온 얼굴에 이온 분사하는 기계 사지 그래? 그거 좋아, 피부도 몽실몽실해져."

점장이 말했다. 점장은 남자다.

"어, 그래요? 점장님도 쓰세요?"

"응, 동거 중인 여친이 쓰길래 나도 써봤는데, 이것 봐봐, 좀 젊어지지 않았어?"

"그러네요, 정말 젊어 보이세요."

그는 사십 대 후반. 분위기 있게 늙어간다고 생각했는데, 지금 보니 어쩐지 소년 같은 느낌도 있다. 점장이 이렇게 덧붙인다.

"헤어도 마찬가지야. 머리카락이 깔끔하면 젊어 보여. 그러면 얼굴 미용에도 관심이 생기게 마련이지."

옆에서 듣고 있던 담당 미용사 M씨가 말한다.

"저도 쓰고 있어요."

머리카락은 젊음의 상징이다. 여자로 존재하기 위한 자신감이다. 자기 털의 영양과 수분, 색상에까지 신경 쓰는 동물이라면, 솔직히 말해 인간밖에 없잖아?

집으로 돌아오자마자 옷장 깊숙이 처박아뒀던 스킨이랑 팩이랑 샘플 따위를 모조리 끄집어내어, 예뻐진 머리카락에 어울리게끔 밤마다 피부 관리에도 힘썼다는 이야기.

끈을 당기고 싶은 충동

　일전에 도호쿠 예술공과대학이 주체가 되어 학생을 대상으로 '세상을 발전시키는 디자인'을 모집한다는 취지의 대회가 열렸는데 내가 그 심사위원으로 위촉되어 야마가타에 가게 되었다. 신칸센에서 내려 개찰구로 나가니 운영 스태프가 마중 나와 있었다. 모두 나이가 지긋한 분들인데 '데자센(전국 고등학교 디자인선수권대회의 약칭 – 옮긴이)'이라고 인쇄된 검정색 바람막이 점퍼를 입고 있었다.

　나 말고도 심사위원 세 명이 같은 신칸센을 타고 오는 모양이었다. 그중 한 사람이 화장실에 갔다고 하여 잠시 그 자리에서 대기하기로.

　그때였다. 나는 발견하고 말았다. 내 가슴을 두근거리게 하는 것들을. 개찰구 바로 옆에 긴 테이블이 세 개 정도 연결되어 있고, 그 위에 야마가타 명물이라 적힌 도시락들이 주르르. 나는 전등불에 모여드는 나방처럼, 혹은 심야의 편의점에 이끌리는 사람들처럼, 나도 모르게 도시락 코너로 빨려 들어갔다. 그리고 응시했다. 응시하는 동안, 등 뒤로 사람들의 시선이 느껴졌다. 운영 스태프 아저씨들의 마음속 목소리도 똑똑히 들렸다.

'역에 도착했는데 도시락은 왜 사나?'

'도시락은 열차 안에서, 여행하면서 먹는 거지.'

마음속 목소리가 들려도 나는 포기할 수 없었다. 식탐이 수치심을 이겼다.

그중 하나가 내 마음을 움켜쥐었다.

'토란국 도시락'

토란을 넣고 끓인 된장국이다. 야마가타, 후쿠시마 지역의 대표 요리라고 할까? '토란국을 사랑하는 사람들의 모임'도 있는 모양이었다. 무엇보다 나는 국물 요리를 무척 좋아한다. 토란도 좋아하고…… 그렇게 맛있는 게 세상에 또 있을까 싶다.

"이 도시락이 마음에 드시나요?"

점원이 웃으면서 말을 걸어왔다.

"예, 특이하네요. 국 도시락이라니."

내가 흥분한 목소리로 대답하자, 점원이 "밥도 들어 있어요. 밥 위에 국물을 끼얹은 느낌이라고 생각하시면 돼요" 하고 설명해주었다.

어머, 이건 사야 돼. 아까 말한다는 걸 깜빡했는데, 나는 국물을 끼얹은 음식을 아주아주 좋아한다. '고양이 맘마'라고도 하는, 밥에 된장국을 끼얹은 음식. 미야자키의 냉국도 좋아한다. 소고기 덮밥을 먹을 때도 반드시 국물을 듬뿍듬뿍 끼얹는다.

"이거 주세요."

도시락을 집어 점원에게 건네려는데, 뒤에서 스태프 아저씨가 소리친다.

"에리 씨! 지금 심사위원 여러분들이랑 다 같이 점심식사 하러 갈 겁니다!"

"예, 그런데…… 이 도시락, 사고 싶어요. 돌아갈 때 먹을게요. 아니면 선물용으로."

나는 이 도시락을 꼭 사고 싶었다. 이유는 국물 요리라는 점 외에도 한 가지가 더 있었다. 도시락 밖으로 끈이 하나 나와 있는 게 보였다. 나는 천천히 얼굴을 들고 물었다.

"이 끈은 뭔가요?"

점원이 방긋방긋 웃으며 대답한다.

"이 끈을 당기시면 안에 들어 있는 약품이 화학반응을 일으켜 도시락이 데워지게끔 되어 있어요."

"와아!"

"언제 어디서든 따끈따끈한 토란국 덮밥을 드실 수 있답니다."

나는 그곳에 진열된 온갖 종류의 도시락을 몽땅 사고 싶었지만 꾹 참고 토란국만 구입한 다음, 아이처럼 깡충깡충 뛰어 모두가 있는 곳으로 돌아갔다.

"샀다."

"선생님, 엄청 좋아하시네요……."

운영 스태프 아저씨가 이해할 수 없다는 얼굴로 말했다. 화장실에 갔던 심사위원이 돌아와서 일행 모두 차를 타고 대학교로 출발.

차에서 내리자마자 본 경치는 정말이지 훌륭했다. 눈 아래 펼쳐진 무논의 수면이 반짝반짝 빛났고, 그 주변으로 푸르른 산이 끝없이 이어졌다. 능선이 내 마음을 편안하게 만들어주는 듯했다.

"좋다. 공기도 맛있네."

넓은 대기실로 들어갔다. 점심식사 전에 간단한 회의가 있다고 한다. 심사위원이 속속 도착했다. 한국에서 오신 분도 있었다. 노트북 하나씩 들고, 다들 유능해 보인다. 그들의 스타일리시한 가방과 달리, 나 혼자 배낭 메고 오른손엔 도시락 봉지. 어쩌다 섞여든 영락없는 아줌마 꼴이다. 게다가 토란국 냄새까지 어렴풋이.

갑자기 시작된 명함 교환. 나도 배낭을 어이차, 하고 내리면서 그 무리에 끼어들었다.

"그거 뭐예요?"

심사위원들이 내가 소중히 들고 있는 비닐봉지를 가리켰다. 나는 미안한 표정으로 실토했다.

"역에서 파는 도시락……이에요."

"네?"

"토란국 도시락이라고 해서, 제가 좋아하는 거라……."

"참 독특하네요!" 하면서 일제히 웃는다.

"제가요? 도시락이요?"

다들 그 질문에는 대답하지 않고 각자 자리에 앉기 바빴다.

대학 측의 설명회가 끝나고 근처의 맛있는 국수 가게로 점심을 먹으러 이동했다. 한 시간 정도 식사를 하고 잠시 쉬는 시간을 가진 후에 다시 학교로 돌아왔다. 곧 심사가 시작된다. 모두 노트북이나 자료를 가지러 일단 대기실로 들어갔다.

그때 마가 썬 듯했다. 왜 그런지 자꾸만 토란국 도시락에 신경이 쏠렸다. 끈을 잡아당기고 싶은 충동을 억제하기 힘들었다. 한편으로는 나 자신을 필사적으로 타일렀다. 돌아갈 때 먹을 거야. 혹은 선물용이야. 이제 대회장으로 가야 해. 하지만 멈추지 않는 충동. 어쩌면 국수 양이 적었는지도 모른다. 다들 "곱빼기 시킬걸" 하고 후회했다. "저녁까지 배고프겠다"라고도 했다. 나 역시 그렇게 생각했다. 도중에 배가 고파 집중을 못하게 되면 큰일이지 않은가? 나는 비닐봉지에서 도시락을 꺼내며 슬쩍 시계를 봤다.

본심까지 10분 정도 여유가 있었다.

'먹을 수 있겠다……'

그렇게 생각한 순간, 운영 스태프 아저씨가 다급히 막았다.

"선생님? 설마 드시려는 건 아니지요? 지금은 안 됩니다. 이제 곧 이동해야 해요."

들켰나. 하지만 지금 당장 먹고 싶다.

"5분 안에 먹을 수 있어요."

"네?!"

나는 큰맘 먹고 끈을 잡아당겼다.

"아!"

스태프 아저씨가 짧게 외친 다음 순간, 이어서 도시락이 큰 소리를 냈다.

슈와아아아아고오오오옹!

'!'

대기실에 있던 심사위원들은 놀라서 몸을 뒤로 젖혔고, 밖으로 나가려던 선생들은 익숙지 않은 소리에 뭔가 싶어 뒤돌아보았다. 그리고 조용히 도시락을 응시했다.

"괴, 굉장하네요, 그 도시락."

"보글보글 소리가 나요."

좋은 냄새가, 구체적으로 말하면 토란국 냄새가 실내에 가득

차올랐다.

"이걸 어쩌려고요?"

"데워지면 먹을 거예요."

"예!?"

모두 시계를 보았다.

예상한 대로 슈와슈와 하는 소리는 수십 초 내에 가라앉았다. 도시락을 여니 적당히 데워진 토란국 덮밥이 들어 있다.

"우와아!"

기뻐하는 사람은 나 혼자뿐. 다른 사람들은 그저 신기한 듯 도시락과 나를 번갈아 보며 이동할 준비를 했다.

"음! 맛있다!"

부드러운 토란, 따끈따끈한 밥, 촉촉한 국물. 훌륭하다…….

운영 스태프 아저씨가 한마디 거들었다.

"맛있지요? 우리 고장의 명물입니다!"

조금 전까지만 해도 날카로운 표정이었는데, 지금은 왠지 좋아하는 것 같다. 역시 '지역 사랑'은 음식을 통해 실천하게 된다는 걸 실감했다. 앞으로 모든 도시락에 끈이 달려 나오면 좋겠다.

요정은 각지에 있다

"요정을 만났어. 같이 가볼래?"

친구 O가 말했다. 1차로 시모키타자와의 이자카야에서 만났다. 우선 연근샌드를 시키고, 옆자리 손님이 맛있게 먹고 있는 메뉴도 따라 시키고, 이것저것 주문해 먹으며 배를 문지르고 있던 때였다.

"응? 요정이라니?"

"있더라, 시모키타에 요정이."

들어보니 별일은 아니었다. O가 자주 가는 바의 사장을 두고 하는 말이었다.

그 바는 카운터가 하나, 라고 쓰려다가 1차에서 과음한 탓에 얼마만큼 넓은지 정확하게 기억이 나지 않는다. 좁은 카운터 안에서 피터 팬 같은 모자를 쓰고 싱글벙글 웃는 마흔한 살의 그를 보고 '아아, 정말이네' 하고 고개를 끄덕인 것만 기억난다. 목소리 톤이 비정상적으로 높았다는 기억도. 웃을 때 경박하게 낄낄거렸다. 요정이라기보다, 요괴? 죄송.

"뭐얼 드시겠어요오?"

요정이 물어서 하이볼을 주문했다. 나는 우리를 사이에 두고 양옆에 앉은 단골손님과 이야기하느라 O와는 그다지 대화를 나누지 못했다.

다음 날 아침 스마트폰에 저장된 사진을 구경하는데, 처음 보는 부침개 집에서 다들 웃으며 뒤집개를 들고 신나게 부침개를 굽는 사진이 있었다.

"응?"

나는 술이 덜 깬 머리를 흔들며 한참을 눈만 끔뻑거렸다.

"설마 그 뒤에 또 마시러 간 거야?"

3차를 갔다고 한다. 나중에 O에게 들었다.

"어? 기억 안 나? 에리, 멀쩡했는데."

다음 날 저녁까지 술이 깨지 않아 하루 종일 괴로웠다. 그날 일정인 이벤트 뒤풀이에 참가는 했는데 술은 쳐다보기도 싫었다. 그러나 안 마시면 미안하고, 그래서, 뭐, 결국 마셨다. 그제야 해장술이 왜 해장술인지 알았다. 말하자면, 그렇다, 술로 나왔다, 숙취가. 그나저나 O가 걱정이었다. 괜찮을까? 내가 무슨 실수라도 한 건 아닐까? 지난밤의 기억이 애매하여 불안에 시달리다가 O에게 메시지를 보냈는데 점심시간이 지나도록 답이 없었다. 저녁때가 되어도 없었다. 그렇다면 내가 무슨 짓을 저질러서 화가 난 걸까? 그런 생각을 하며 행사 전 대기실에서 혼자 와들와들 떨었다. 행사가 끝나고 메시지를 확인한 시각이 저녁 7시. 마침내 O에게서 메시지가 도착했다.

'지금 일어났어.'

에에엣!! 휴대폰을 다시 확인했다. 저녁 7시에 일어난다는 게 있을 수 있는 일인가?

'걱정한 모양인데, 전혀 실수한 거 없어. 정말 즐거웠어.'

그런 훈훈한 메시지였다. 나중에 사정 청취한 바에 의하면, 내가 2차에서 왼쪽 옆에 앉은 양복 차림의 젊은 남자에게 "넌 대체 뭘 하고 싶은데?" 하고 몰아세웠다는데……

"벼, 별일 없었어?" 하고 물으니,

"그 사람도 재미있어 하던데?"라고 대답했다. 그랬나? 아무튼 내가 핵심을 찌르는 말로 여자 단골손님과 남자 단골손님, 요정 사장님의 아픈 곳을 건드려가며 난도질을 한 모양이었다. 다들 "으으으" 하고 신음했지만, 나중에는 "정말 그래, 그 말이 맞아" 하고 끄덕이며 후련한 얼굴을 했다고.

아아, 기억을 잃는 것만큼 무시무시한 일이 또 있을까.

그로부터 두 달 전, 친구 N과 교토에 갔을 때의 일이다. N이

서서 마시는 술집에 나를 꼭 데려가고 싶다고 했다. 그 가게 2층
이 숙박시설이어서, 잔뜩 취해 '더 이상 한계다!'라고 느끼면 2층
으로 올라가 자면 된다고 했다. 이토록 합리적인 술집이 다 있다
니. 숙소는 도미토리룸이라 2층 침대가 빽빽하게 들어차 있었다.
산장 같은 느낌이랄까. 목조라서 사다리를 오를 때 삐걱삐걱 소리
가 났다. 2층 침대 각각에 매달린 램프가 자기만의 공간을 비춰주
는데, 왠지 알프스 소녀 하이디가 된 듯한 기분이었다.

그리하여 안심하고 1층으로 내려가 서서 술을 마셨다. 서서
마시는 건 딱히 나쁘지 않은데 좁다는 게 문제였다. 등이 자꾸
벽…… 이 아니라 비닐 커튼에 닿았다. 커튼 밖은 도로다. 틈새바
람이 슝슝. 좁은데 벽에 기댈 수도 없다. 깜빡하고 기대면 찻길로
데구루루. 이런 고된 환경 속에서도 양옆의 손님과 어깨를 부딪쳐
가며 마시는 건 또 하나의 재미였다.

N이 "서서 마시는 술집에서는 술만 마셔야지"라고 하여 N과
나는 맛있는 횟집에서 펄떡펄떡 뛰는 생선이랑 굴튀김을 안주로
사케를 마시고 거나하게 취한 상태로 서서 마시는 술집에 들어간
것이었다. 그때.

"바기 씨!"

들어가자마자 이미 잔뜩 취한 N이 누군가를 큰 소리로 불렀
다. 그러면서 검정색 가죽점퍼를 입은 덩치 큰 중년남자에게 달려

들어 안긴다. 누, 누구?

"이렇게 또 만나게 될 줄은 몰랐어!"

그러고 "바기 씨!" 하고 다시 한 번 매달렸다가 뒤늦게 내 쪽을 돌아보고 말했다.

"에리는 운도 좋아! 이 사람, 바기 씨야! 전에도 여기서 만났는데 너무 즐거웠거든. 친구들한테 바기 씨 만나러 한번 가보라고 했는데 아무도 못 만났대. 좀처럼 만나기 힘든 사람이라고!"

그 말을 들은 바기 씨라는 남자가 담담하게 말했다.

"나는 여기 거의 매일 와."

"……."

바기 씨가 점원에게 술 한 잔 더 달라고 했다. 그러자 점원이 "바구니에 돈 넣으세요, 먼저" 하고 매섭게 노려본다. 바기 씨가 그제야 "네네" 하며 술값을 꺼내 바구니에 쨍그랑 넣었다. 늘 저렇게 은근슬쩍 넘어가려고 했던 건 아닐까?

"그런데 넌 누구야? 둘이 애인 사이야?"

바기 씨가 그렇게 묻자 N도 나도 고개를 절레절레 흔들었다.

"그냥 친구예요."

"아, 그래?"

바기 씨가 또 벌컥벌컥 술을 마시기 시작했다.

"전설의 록 싱어야."

N이 나에게 바기 씨에 대해 설명한 후로 한동안 바기 씨의 지루한 자기 자랑이 이어졌다.

"내 노래, 이 녀석들한테 들려줘."

바기 씨가 점원에게 부탁했지만 점원이 바쁜 듯하니 결국 자기가 직접 틀었다. 록이라기보다 오페라 같았다. 잠시 후 점원이 음악을 껐다.

"에리는 타모리 알아?"

술로 불그스름해진 피부를 검정색 브이넥 사이로 긁으며 바기 씨가 물었다.

타모리. 물론 안다. 일본인이라면 대부분 알겠지. 국민 엠시인데…….

"그 사람, 재미있는 친구야. 대단한 친구지. 코미디언으로서도 대단해."

누구나 아는 사실이다. 바기 씨가 소주를 꿀꺽꿀꺽 마시더니 카운터에 잔을 탁 내려놓고 말한다.

"그런데 그거 알아? 에리."

잠시 틈을 뒀다가 내 얼굴에 자기 얼굴을 가까이 대더니 강한 시선으로 내 눈을 들여다보며 말했다.

"타모리도 언젠가는 죽어. 모두…… 언젠가는…… 죽어!"

"……."

재미있다고 대단하다고 칭찬해놓고 결론은 '모두 언젠가는 죽어'라니.

주위 손님들이 호호 하고 웃었다. 나도 호호 웃다가 들키지 않게끔 고개를 숙이고 싱긋 의미심장한 미소를 지었다.

"재미있지?" 하고 친구 N이 내 귓전에 대고 기쁜 듯 속삭였다.

"그러네."

도쿄로 돌아와 생각해보니, 바기 씨는 교토의 서민마을에 사는 요정이었다.

시모키타의 요정을 만나게 해준 O에게 그 이야기를 해줬더니 의아스럽다는 듯 이렇게 대꾸했다.

"어? 에리도 요정이야."

못남과 못생김 사이에서

모리야마 료코 씨의 별장에 놀러 가게 되었다. 초대받은 것이다. 정확히 말하면 료코 씨의 따님에게 초대받았다. 가족이랑 친구들이랑 같이 모일 예정인데 오실래요? 하고 말을 걸어주었다. 최근에 새로 편성된 음악 프로그램인 〈아티스트〉의 사회를 내가 맡았는데 모리야마 료코 씨의 아들인 나오타로 씨가 게스트로 출연한 날, 그의 누나인 나호 씨를 처음 소개받았다.

"말씀 많이 들었습니다."

그렇게 인사했다. 친하게 지내는 뭇슈 카마야츠 씨가 "에리랑 잘 맞을 거야. 재미있는 친구지"라고 얘기한 적이 있기 때문이다. 하지만 만날 기회가 없어서, 어떤 사람일까? 언제쯤 만날 수 있을까? 하고 생각만 했는데, 녹화 현장에서 우연히 만났다. 몸집이 작고 귀여운 느낌의 여성이었다. 오기야하기라는 유명한 개그맨 콤비의 오기 씨가 그녀의 남편이다.

녹화가 끝난 후, 프로그램의 수호신 같은 존재로서 매회 출연해주는 뭇슈가 말했다.

"밥 먹으러 가자. 나호도 같이."

그리하여 이탈리안 레스토랑으로 다 같이 식사를 하러 갔다. 분위기가 고조되어 모리야마 료코 씨에게도 전화하기로.

"에리, 술 마시고 있겠네. 나도 가고 싶지만, 오늘은 나호 아이를 내가 맡고 있어서 다음 기회에."

그 말은 어쩌면 '나호 씨, 이렇게 마시고 있어도 되나요? 너무 오래 있으면 안 되겠네요' 하고 일찍 보내야 한다는 뜻일지도 모른다. 나호 씨도 처음부터 "10시에는 가야 돼요. 딸을 데리러 가야 하거든요"라고 말했었다. 그런데 내가 술을 너무 많이 먹인 모양이다. 료코 씨가 허락한 것으로 받아들이고, 술자리를 연장했다. 밤 12시에 남편인 오기 씨가 찾아왔다.

"그만 가자, 많이 마셨잖아" 하고 오기 씨가 어이없어했다.

내 기억에는 없지만 차 안에서 "한잔 더 하러 가자!" 하고 졸랐다는데, 오기 씨가 두 주정뱅이를 이렇게 나무랐다고 한다.

"한잔 더 안 해도 돼! 어차피 기억 못하잖아."

그 말이 맞았다. 전혀 기억에 없다.

오기 씨 말로는 내가 도중에 내려달라고 하더니 혼자 단골 술집으로 사라졌다는데.

고부치자와의 별장은 전망이 훌륭했다. 나는 원래 고부치자와를 좋아한다. 야쓰가타케, 남알프스로 둘러싸인 풍요로운 장소.

오기 씨의 차에 나호 씨와 오기 씨의 친구인 모리 군과 내가 타고 가서 이른 아침에 도착. 료코 씨는 전날에 미리 와서 우리를 반갑게 맞아주었다.

"햄버그스테이크 먹을래요?"

데미글라스 소스가 적당히 밴 부드럽고 통통한 햄버그스테이크. 절묘하게 익은 반숙 계란프라이가 그 위에 얹혀 있다.

"행복해 죽겠어……."

나는 행복한 눈물을 머금은 채 창밖의 신록을 바라보며 햄버그스테이크를 먹었다.

"에리, 정말 잘 왔어!"

"여기서 피로를 말끔히 씻어버리고 돌아가."

료코 씨의 배려를 고맙게 받아들이기로 하고 창밖에 보였던 초원으로 나왔다. 외따로 자란 한 그루의 커다란 나무 아래에 벌렁 드러누워 가슴 가득 풀 냄새를 빨아들였다.

"하아……."

두 번째 "행복해 죽겠어"를 내뱉으려던 순간, 집 쪽에서 목소리가 들렸다. 료코 씨가 환히 웃으며 샴페인 병을 들고 나오는 참이었다.

"낮이라도 샴페인 마실 거죠?"

"원하던 바예요."

어쩌다 보니 모두 한자리에 모이게 되었다. 피크닉 시트를 깔고, 치즈, 햄, 건포도, 포테이토칩, 그리고 샴페인을 놓았다. 아이들은 주스다. 이웃에 사는 가족들도 초대하여 왁자지껄 즐거운 오후. 오기 씨가 기르는 개도 즐거운 듯 뛰어논다.

아이들이 주스를 쏟는 바람에 나호 씨가 수건을 가지러 갔다가 집 2층에서 사진을 찍고 있다.

세 번째 "행복해 죽겠어."

저녁에는 료코 씨가 직접 만든 요리로 식사를 했다. 노래도 잘하는데 요리도 잘해서 깜짝 놀랐다. 갈릭토스트에 아쿠아파짜. 간단한 샐러드도 어떻게 맛을 냈는지 레시피를 묻고 싶을 정도였다.

식사가 끝난 후 설거지를 하면서 료코 씨에게 사죄했다.

"지난번에 나호 씨한테 제가 술을 너무 많이 먹였지요? 늦게까지 붙잡아둬서 죄송합니다."

그러자 료코 씨가 말했다.

"전혀! 오히려 기뻤어! 나호가 그렇게 마신 거 처음이거든."

왠지 멋있다.

저녁에는 게임을 하면서 놀다가 온천에 갔다. 여탕에는 나호 씨와 나 둘뿐이고, 남탕에서는 뒤늦게 합류한 오기 씨의 친구들이

이나중 탁구부(중학교 탁구부원들의 이야기를 다룬 일본 만화 - 옮긴이)
처럼 와글와글 떠들어댔다.

그 함성을 들으며 나호 씨가 한마디 툭 내뱉었다. 밤하늘을 올
려다보며 조금 쓸쓸한 목소리로.

"남편이 나보고 못났다고 해."

놀랐다. 왜냐하면 나호 씨, 귀여우니까. 얼굴을 아무리 뜯어봐
도 못났다고 할 만한 요소가 없다.

"멋쩍어서 그러시는 거 아닐까요?"

내가 이렇게 묻자 나호 씨가 내 쪽을 돌아보고 말했다.

"못났다는 말을 들어본 적이 없어서 처음에는 거부감을 느꼈
었는데, 이제 익숙해졌어. 라디오 같은 데서 우리 아내는 못났다
고 자주 말하거든. 차라리 못생겼다고 해달라고 부탁한 적도 있는
데……."

나는 눈을 크게 뜨고 잠시 끔뻑거렸다. 못난 것과 못생긴 것이
다른가?

"못났다는 말은 외모뿐만 아니라 내 알맹이까지 못난 것 같은
느낌이야. 못생겼다는 말은 얼굴에 대해서만 하는 말 같고."

그런가? 문득 옛날에 사귀었던 그 사람 생각이 났다. 그는 나
를 이렇게 불렀다.

"뚱이 씨."

'뚱보'라고 하면 상처받을 것 같아 나름대로 배려하여 '뚱이'라는 애칭을 생각해냈다고 한다. 하지만 '뚱'이라는 글자 하나가 내 가슴에 박혀서…….

온천에서 나와 돌아가는 길에 함께 차를 탄 모리 군이 '달라이 씨'라는 별명으로 불리고 있었다.

"이 녀석이 오렌지색 바스타월을 비스듬하게 감고 들어온 거야. 그 모습이 영락없는 달라이 라마였어."

남탕에 모인 남자들이 달라이 씨에게 연애 상담을 하고, 달라이 씨가 적당히 거드름을 피우며 해답을 내놓는 동안, 남탕의 분위기가 후끈 달아올랐다고 한다. 여탕에서는 못남과 못생김에 대한 토론이 벌어졌는데…….

도쿄로 돌아온 후 오기 씨가 라디오에 출연하여 그때 일을 언급했다는 사실을 뒤늦게 알았다.

"우리 아내는 낯을 심하게 가리는데, 오미야 에리한텐 금세 마음을 열더라고. 어떻게 그렇게 친해졌을까 생각했더니 공통점이 있었어."

파트너 야하기 씨가 "무슨 공통점?" 하고 물었다.

"둘 다 못났어."

그 말을 듣고도 기분이 나쁘지 않았다. 오히려 오기 씨가 우리 관계를 인정해준 듯하여 기뻤다.

"오미야가 집사람보다 약간 더 못났어."

그 말 역시 기뻤다. 며칠 뒤 나호 씨에게 전화가 왔다.

"에리, 못난이로 묶어서 미안해."

그래서 대답했다.

"원래 못난인데요 뭐."

편향된 식탐

들고 다닐 수 있는 밥, 있을까요? 가방 안에 넣어 회사나 학교에도 갖고 다닐 수 있는 음식.

중고등학교 때는 바나나였다. 그걸 수업 시작 전 아침 조회 시간에 담임이 연락사항을 전달하는 15분 사이에 먹는 거다. 물론 들키면 혼날 테니 몰래. 책상 밑에서 껍질을 벗기고 선생이 자료에 시선을 떨구는 한순간의 틈을 겨냥하여 바나나를 입으로 가져가 한입 덥석 베어 물고 다시 책상 밑에 감춘다. 칠판 쪽으로 돌아설 때도 덥석.

학생은 배가 고프다. 수업 중에 먹을 수는 없고 전철 안에서도 곤란하니 아침의 이 느슨한 시간에 배를 채워야 한다. 너무 배가 고파 한입으로는 모자라 덥석, 덥석, 덥석 세 입 베어 물었을 때, 칠판에서 이쪽으로 돌아본 담임과 눈이 마주치고 말았다. 바나나를 입에 문 바보스러운 나.

"오미야!"

"윽, 윽, 네."

우물우물 얼른 삼키고 "죄송합니다"라고 말하려는데, 그보다 담임의 호통이 먼저 날아왔다.

"아침 조회 시간이 바나나 먹는 시간이야?"

시선이 집중되었다. 나는 바나나를 손에 든 채 눈만 둥그렇게 뜨고 있었다.

담임이 화를 참지 못하고 "네가 원숭이야?!"라고 했다.

교복 입은 원숭이.

"아침부터 바나나를 먹다니, 학교를 너무 우습게 보는 거 아냐?"

친구에게도 야단맞았다. 우습게 본 건 아닌데…….

회사원이 되고 몇 년 지났을 때 긴장이 풀어졌는지 먹는 것 때문에 또 지적을 당했다.

"오미야, 잠시 좀 보지."

부장이 불렀을 때 '아, 뭐지? 이건 야단맞는 패턴인데' 하고 느꼈다.

"무, 무슨 일이신가요?"

"뭣 때문에 불렀는지 알겠어?"

"아뇨…… 죄송합니다."

"생선살."

"네?"

부장은 야단을 치면서도 웃음을 참기 힘들었는지 입가가 묘하게 실룩거렸다. 뭐지? 생선살이라니.

"그런 건 책상 위에 꺼내놓지 마. 다들 웃잖아."

내가 뭘 꺼내놓았지? 돌아보니 먹다 남은 생선살 소시지가 책상 위에 놓여 있었다.

"아, 소시지."

"게다가 먹다 남은 걸 올려두면 어떡해? 더럽잖아."

"죄송합니다……."

그 후 여러 사람에게 질문을 받았다.

"오미야는 왜 생선살 소시지를 좋아해?"

"왜 먹으면서 일해요?"

"먹다 남은 걸 방치하면 안 되지 않나요?"

그러고 다들 히쭉히쭉 웃었다.

"엄마가 시켰어요. 먹으라고."

그랬다. 사실은 바나나를 학교에서 먹으라고 준 것도, 회사에서 부지런히 생선살 소시지를 먹으라고 준 것도 오캉이었다.

"생선살 소시지 먹으면 살 빠진대서."

엉터리 정보다. 그 당시엔 엄마 말을 찰떡같이 믿었다.

"텔레비전에서 봤거든. 너 요즘 살쪘잖아. 생선살 소시지 매일 먹어."

출근하려고 집을 나설 때마다 오캉이 현관에서 내 가방을 붙들고 생선살 소시지를 꾹꾹 쑤셔 넣었다. 학생 때도 "다녀오겠습니다" 하고 나가려 하면 "아침밥은 완전 영양식인 바나나. 이거 하나로 하루를 건강하게 보낼 수 있지. 짬을 봐서 꼭 챙겨 먹어" 하며 바나나를 꾹꾹 쑤셔 넣었다. 가방 속의 바나나는 늘 흐늘흐늘했다. 책과 책 사이에 쑤셔 넣으니.

그 후로 나는 오캉이 챙겨주는 음식을 거부하게 되었다.

"이제 생선살 소시지 필요 없어."

오캉은 그 말을 듣고 냉장고에 대량으로 쟁여둔 생선살 소시지를 슬픈 표정으로 우걱우걱 먹었다. 저녁 식탁에도 가늘게 썰어서 올렸다.

이젠 그런 일도 없을 줄 알았는데 생각해보니 여전했다. 어느 프로그램의 '이것만은 참아주세요!'라는 코너에 우리 회사 여직원이 사연을 투고한 것이다. 그 내용이……

'에리 씨는 아마 건강을 위해서라고 생각하는데, 현장에서 제공되는 도시락만으로는 균형 있는 식사가 불가능하다며 가방 안에 낫토 팩을 늘 넣어 다녀요. 가방에서 냄새가 나진 않을까 걱정입니다.'

그 말을 듣고 생각났다.

"아, 그러고 보니 그러네. 오늘도……."

낫토를 들고 다닌다. 두 팩씩. 밥 없이 그냥 먹는 걸 좋아한다. 건강을 위해서라기보다 낫토를 좋아하기 때문이다. 너무 맛있다. 바빠서 계속 돌아다녀야 할 것 같은 날엔 아침에 집을 나서면서 낫토 팩과 젓가락을 가방에 챙겨 넣는다.

지난번에 J-WAVE에서 아침 8시부터 회의가 있었던 날, 오후 3시가 되어서야 잠시 시간이 났다. 그 후에 근처에서 또 회의가 예정되어 있어 J-WAVE 로비에서 간단한 작업을 하기로 했다. 여직원은 화장실에 갔다.

지금인가? 라는 생각이 들었다. 이때야, 하고 확신했다.

'언제 먹을 건데?'

'지금.'

낫토……. 깨끗하고 세련된 J-WAVE에서 먹으려니 미안했지만 배가 고파 미칠 지경이었고 이대로 낫토를 들고 다니면 냄새도 날 것이다. 그렇게 생각하고 로비 구석 자리에 벽을 보고 앉아 그 끈적거리는 걸 몰래몰래 먹기 시작했다. 거의 다 먹어 행복해지려던 순간.

"아, 있다, 있다. 에리쨍!"

누가 불렀다. 나는 모른 척했다.

"에리짱! 어이, 에리짱."

더 이상 모른 척하긴 힘들었다. 나는 돌아보았다. 입에서 낫토를 길게 늘어뜨린 채.

"으악."

편성국장이 나를 보자마자 으악 하고 비명을 질렀다. 내 몸도 따라 굳었다. 이렇게 기막힌 타이밍이라니…….

"나, 낫토? 편성국장으로 오래 있다 보니 J-WAVE에서 낫토 먹는 사람을 다 보네."

"죄송하니다……."

"아니, 괜찮아. 소개하고 싶은 사람이 있었는데 마침 에리짱이 안 가고 있길래 불렀거든. 하필 타이밍이 그렇게 돼서 내가 오히려 미안하네."

그 자리에서 아름다운 여성을 소개받았다. 아나운서에서 연예인으로 전향한 분이었다. 아름다운 사람과 낫토 먹던 사람의 명함 교환.

"낫토랑 젓가락을 가방에 넣고 다니시나요?"

"아, 예……."

오캉의 습관이 내 몸 깊숙이 스며들어 있었다.

역시 먹을 걸 들고 다녀야 한다면 쿠키 같은 게 좋겠지요?

아이슬란드의 택시

아이슬란드에 혼자 갔다. 보고 싶은 공연이 있었기 때문이다. 일을 마무리하고 하네다에 도착하여 새벽 1시 반에 출발. 직전까지 맥주를 마시고 얼근히 취한 상태로 탑승했는데, 피곤했던지 프랑스의 샤를드골 공항에 도착할 때까지 계속 잤다. 환승까지는 일곱 시간. 샤를드골 공항에 터미널이 많아 한두 시간 헤매다가 가까스로 아이슬란드행 비행기가 뜨는 터미널에 도착하여 커피와 함께 크루아상을 목구멍에 밀어 넣었다.

환승 후 비행시간은 네 시간. 아이슬란드에 도착하면 바로 택시를 타야 공연시간에 맞출 수 있는 긴박한 스케줄. 이번 여행의 성공 여부는 택시 운전사에 달렸다.

"이 라이브하우스로 가주세요. 급하니까 빨리요."

내가 재촉하자 백발의 집사 같은 외모의 할아버지가 "문제없어" 하고 핸들을 잡았다. 도착 예정시간은 약 40분 후. 곧 황야가 보이기 시작했다. 곳곳에서 수증기가 피어올랐다.

"온천이야."

운전사 할아버지가 말했다. 아이슬란드는 화산과 빙하의 섬이다. 양들이 유유히 풀을 뜯는 시골길을 달리는 내내, 눈 쌓인 하얀 산맥이 장대한 스케일로 이어졌다.

"출장 왔어?"

"뭐, 그런 셈이에요."

"관광은?"

하고 싶다. 내일은 한가할 것이다. 저녁 식사 모임까지는 일정이 없다.

"블루 라군에 가보고 싶은데요. 차로 가면 몇 분 정도 걸리나요?"

블루 라군은 크고 넓은 호수 같은 온천이다. 푸르스름한 물색이 너무나 아름다운 곳. 아이슬란드가 세계에 자랑하는 가수 비요크가 블루 라군에 들어가 찍은 사진이 유명한데, 그걸 본 후로 줄곧 동경해왔다.

"골든 서클도 꼭 봐야 돼."

할아버지는 그렇게 말하면서 관광코스가 적힌 종이를 건넸다.

"투어 버스는 하루에 두 군데밖에 안 돌아. 개인택시 투어라면 서너 군데 돌 수 있지. 훨씬 이득이야."

장삿속은 느껴지지 않았다. 정말 그렇겠다, 하고 납득했다. 버스는 단체로 움직여야 해서 기다리는 시간도 많고 집합하는 데도 시간이 걸려 손실이 크다는 것이다.

"볼 만한 곳이 몇 군데 정도 되나요?"

점점 이 사람 쪽에 서는 편이 낫겠다고 생각하기 시작했다.

"블루 라군 근처에 두 개의 대륙판이 융기하여 갈라진 분기점이 있어."

굉장하다. 땅속의 판이 지각변동으로 융기하여 동쪽은 유라시아대륙, 서쪽은 북아메리카대륙으로 갈라졌다. 대륙은 그렇게 탄생했다. 지구의 갈라진 틈에 설 수 있다니. 꼭 가보고 싶었다.

"골든 서클이 뭔가요?"

할아버지가 보여준 관광코스 중 단연 으뜸인 모양이었다. 아이슬란드에 왔다면 반드시 여기! 라는 식이다.

"거대한 천연 분수야."

땅속 깊은 곳의 지하수가 지열로 끓어올라 뜨거운 물이 갑자기 솟구치는 간헐천이 있다고 한다. 명소가 세 군데 있는데, 골든 서클이란 그 일대를 총칭하는 말이란다. 나머지 두 곳 중 한 곳은 랑요쿨 빙하에서 흘러나오는 크비타 강 협곡에 있는 폭포인데, 폭 70미터에 높이는 첫 번째 단이 15미터, 두 번째 단은 30미터나 된다고 한다. 마지막 하나는 세계 최초의 의회가 열린 민주정치의 성지라고도 하는 싱벨리어 국립공원. 광대한 습지대가 펼쳐져 있어 유네스코 세계유산에 등재되기도 했다.

"그 세 곳은 가깝나요?"

"내가 달리면 금방이지."

공연장에 도착하여 라이브와 식사를 즐긴 후, 받아두었던 메모에 적힌 할아버지 연락처로 메시지를 보냈다. 버스는 포기하고 할아버지가 제안한 오리지널 폭주 투어를 선택했다.

"내일 아침 9시, 괜찮아?"

"오케이!"

아침 9시에 할아버지가 호텔로 왔다. 아이슬란드의 아침은 늦다. 오전 9시라도 캄캄하다.

"졸려?"

"시차 때문에 조금."

지금부터 오후 5시나 6시까지 할아버지와 단둘이 여행이다.

"연세가 어떻게 되세요?"

"몇 살로 보여?"

할아버지가 약간 불량스러운 표정으로 윙크를 했다. 내심 일흔은 넘었으리라 예상했지만 "예순 정도 되시나요?" 하고 물었다.

"일흔다섯이야."

그렇겠지…….

할아버지가 또 내게 윙크를 했다. 그래도 윙크보다 할아버지의 난폭한 운전이 더 신경 쓰였다. 할아버지의 손이 삐끗하여 도로에서 벗어나기라도 하면 바로 황천길이다.

"괜찮아."

내가 불안해하는 걸 알아챘는지 할아버지가 그렇게 말했다.

"얼마 전까지 유럽 각지에서 택시 운전을 했어. 잠도 안 자고 꼬박 일했지."

트럭 야로(1970년대에 제작된 영화 시리즈 제목. 폭주족처럼 요란한 치장을 한 대형 트럭 운전사들의 삶과 에피소드를 담은 작품이다 – 옮긴이)의 택시 판인가? 칠십 대에 현역이라니 대단하다.

"여기저기 애인이 많아."

그렇게 말하면서 또 윙크한다. 이 윙크에 익숙해져야겠다고 생각했다.

우선 국립공원에 도착하여 30분 정도 걸으며 관광. 다음으로 폭포에 갔다가 마지막에 간헐천. 이렇게 골든·서클을 제패했다. 내가 관광하는 동안 할아버지는 택시에서 잤다. 아니면 커피를 마셨다. 아니면 과자를 먹었다.

다음 목적지는 블루 라군. 이때 벌써 오후 1시가 넘었다.

블루 라군까지 한 시간 반은 걸린다고 한다. 일반적으로 하루 코스라면 골든 서클 투어나 블루 라군 투어 중 어느 한쪽을 선택

해야 하는데, 하루에 다 갈려고 하니 힘든 것이다. 그래도 할아버지가 핸들을 꼭 잡고 분발해주었다.

블루 라군 온천까지 충분히 즐기고 나왔을 때가 3시 반이었다. 다시 도심으로 돌아가면 5시. 하지만 나는 두 개의 지각판이 갈라져서 생겼다는 지구의 틈을 도저히 포기할 수 없었다.

할아버지는 피곤해 보였고 여기까지로 관광을 마무리하고 싶은 것 같았지만 자기 입으로 추천한 코스니 어쩔 수 없다. 블루 라군에서 가깝기도 하고.

할아버지가 힘들여 데려다준 그곳은 참으로 망막한 장소였다. 대지의 시작. 오른쪽은 유라시아, 왼쪽은 아메리카. 그 외엔 아무것도 없었다. 지구의 틈에 잠시 앉아 극도의 고요함 속에서 멍하니 시간을 보내다가 택시로 돌아왔다. 할아버지는 앞유리로 쏟아져 들어오는 석양을 받으며 꾸벅꾸벅 졸고 있었다.

"감사합니다. 이제 돌아가죠."

할아버지가 이상해진 건 그때부터였다. 시동을 걸지도 않고 머뭇머뭇 내게 말했다.

"Can I?"

뭘까? 이 미묘한 공기는……. 놀랍게도 키스를 하자고 조르는 것이었다.

나는 차갑게 내뱉었다.

"No."

할아버지는 포기하지 않고 끈질기게 "Can I?" 하고 요구했다. 오랜 시간 같이 드라이브를 하다 보면 누구와도 키스하고 싶어지는 걸까?

오렌지색의 눈부신 노을 아래 광대한 땅 위에서 택시 할아버지에게 키스를 요구 당했을 때, 여기서 내가 지금 뭐 하는 건가 싶어 조금 슬퍼졌다.

겨울잠 권유

    네이티브 아메리칸과 수행을 하고 세례를 받고 인디언 이름까지 부여받은 H씨를 찾아갔다. 그는 파워스톤 가게를 운영하고 있다. 파워스톤이란 인간의 마음과 몸에 대해 다양한 효력을 발휘하는 돌이다. 몸이 자꾸만 처지고 힘들어서 가게로 한번 찾아가본 것이다.

    "오랜만이네요."

    조용한 성격의 그가 말했다.

    "네."

    네이티브 아메리칸이 귀히 여기는 '스웨트 로지'라는 의식에 참가했던 이야기는 앞서 풀어놓았다. 인디언 선생 H씨가 군마 현의 숲에서 주재했던 의식이다. 돌연 천둥이 치고 텐트 위에만 큰 비가 내리는 신비로운 우연이랄까 필연을 체험했다.

    그로부터 몇 개월. 일에 쫓기는 동안 몸 여기저기가 아프기 시작했다. '로케이션 헌팅'이라고 하여 촬영 장소를 찾아 여러 곳을 돌아다닐 때도 그랬다. 몸이 너무 아파 중간에 쉬는 시간을 이용하여 몰래 편의점에 가서 작은 병에 든 와인을 구입해 마시기도 했다. 마시면 몸이 조금 풀렸다. 마비된다고 표현해야 할까? 스태 프한테 들켰을 때 이런 조언을 들었다.

"에리 씨, 몸의 피로를 그런 식으로 풀다간 알코올 중독이 되기 십상이에요. 그러지 말고 마사지를 받아보는 게 어때요?"

너무 피곤하면 마사지 받으러 가기도 귀찮다. 누가 내 몸을 만지는 것도 싫다. 그래서 내친김에 네이티브 아메리칸의 세례를 받은 H씨의 돌 가게를 방문한 것이다.

"무슨 일로 오셨나요?"

그가 나지막하고 온화한 목소리로 물었다. 그의 눈은 나를 보는 게 아니라 멀리 아메리카의 대지를 날아다니는 독수리를 보는 것 같았다.

"몸이 아파서요. 이러지도 저러지도 못하는 상황이에요. 이 가게에 체험 프로그램이 있다는 말을 듣고 한번 와봤습니다."

그가 조용히 고개를 끄덕였다. 공기가 스윽 바뀐다.

"자, 안쪽으로."

가게 안에 세도나(Sedona)에서 가져온 돌이나 운석 같은 신비로운 돌을 다양하게 진열해두고 판매하고 있었다. H씨의 제자인

A군은 물을 끓였다.

"지금 커피 끓일게요."

나는 목걸이로 엮인 돌에 관심이 가서 슬쩍 구경했다. 그러자 뒤에서 A군의 목소리가 들렸다.

"변화를 촉진하는 돌입니다. 육체와 정신의 피로를 풀어주는 돌이지요."

움찔했다. 내 상태가 딱 그러하다.

"직감이 자신에게 필요한 물건을 선택해준답니다. 자, 커피 드세요."

머그컵에서 피어오르는 김에 눈을 댔다. 따뜻한 기운이 서서히 스며들었다. 그때 안쪽에서 목소리가 들렸다.

"들어오세요."

H씨의 준비가 끝난 모양이었다.

나는 하얀 커튼을 걷고 조용히 안으로 들어갔다.

작은 테이블과 두 개의 작은 의자. H씨가 의자에 앉아 있었다. 세이지를 태웠는지 향기로운 연기가 가득했다.

"자, 어떻게 할까요?"

나는 너무 피곤했다.

"어떻게 하면 좋나요?"

그러자 H씨가 말했다.

"우선 애니멀 카드를 할까요?"

뭘까?

"그게 뭔가요?" 하고 물어보았다.

"당신의 수호 동물에게 메시지를 받는 겁니다."

나는 반죽음 상태라 해도 좋을 정도로 몸이 아팠다. 그래서 의 아스러운 얼굴로 물었다.

"동물요?"

"예, 독수리라든지 버팔로라든지, 당신을 지켜주는 동물이 당신을 이끌어줄 겁니다."

불만스러웠다. 좀 더, 그, 우주와 연결된다든지, 그런 것 없을까? H씨는 그런 내 마음도 모르고 혼자 고개를 끄덕인다.

"응응, 그렇지요, 응…… 좋습니다. 애니멀 카드가 좋을 것 같습니다."

애니멀……. 역시 납득이 가지 않았다. 입이 떨어지지 않았지만 큰맘 먹고 말해보았다.

"저기, 그것 말고 다른 건 없나요?"

H씨가 응응 하고 계속 고개를 끄덕이며 말했다.

"글쎄요, 응, 그것 말고도 올빼미라든지 유니콘이라든지, 여러 가지가 있긴 합니다."

아니다. 내 질문은 그게 아니다. 동물 종류를 물은 게 아니다.

"죄송한데요, 일단 애니멀 카드는 보류해도 될까요? 애니멀 카드 외에 해주실 수 있는 게 또 뭐가 있을지 여쭌 겁니다."

H씨가 "그런 뜻이었나요?" 하고 머리를 긁적이다가 "그 외에 우주와 연결되는 채널링, 힐링 같은 것이 있습니다" 하고 조용한 목소리로 말했다.

"아, 그거, 그거! 그런 게 좋아요! 저는 채널링이나 힐링이 좋을 것 같아요!"

H씨가 "알겠습니다" 하면서 준비를 시작했다. 가슴이 뛰었다. 채널링이 뭘까? 기대된다! 그러는 사이에 욕심이 생겼다. 여러 가지를 해보고 싶다는 생각이 들었다. 그때 문득 사이드테이블 위에 놓인 카드가 눈에 띄었다.

'!'

내심 이거야, 이거 하고 생각했다. H씨, 타로점도 볼 수 있구나. 오래 써서 손때 묻은 마법의 카드.

"저건 뭔가요?"라고 물었다. 타로점을 봐줬으면 싶었기 때문이다. H씨가 준비하던 손을 멈추고 내 눈을 똑바로 바라보았다.

"애니멀 카드입니다."

'!'

깜짝 놀라 쓰러질 뻔했다.

"애니멀 카드 하실 건가요?"

그럭저럭 살고 있습니다 161

"네."

체념한 나.

한 장 뽑아달라고 하여 고민하지 않고 바로 뽑았다.

"베어네요."

"베어?"

"곰입니다."

곰이 연어를 안고 있었다. 불만스러웠다. 페가수스라든지 독수리 같은 것이 신비롭고 좋은데. 나의 실망스러운 표정을 봤는지 못 봤는지 H씨는 혼자 응응, 고개를 끄덕였다. 나의 수호 동물인 연어를 안은 베어에게 메시지를 듣는 중이었다.

"전달하겠습니다."

H씨가 내 눈을 응시했다.

"곰이 말합니다. 당신은 겨울잠을 자야 한다고……. 당분간 쉬세요. 그러면 봄이 오고 다시 활동을 재개했을 때 예전과 같은 일을 한다고 해도 전혀 다른 감성으로 임할 수 있을 겁니다."

놀랐다. 정확히 맞아떨어졌기 때문이다. 그렇지 않아도 봄까지는 조금 일을 줄이려고 생각했다.

애니멀 카드, 위력이 대단하다. 곰 인형이라도 장식해둘까?

결국 면허를 땄습니다

드디어 면허를 땄다. 작년 말에 히노마루 자동차학교라는 운전전문학원을 졸업하고 사메즈에 있는 운전면허시험장에 가서 학과시험에 통과했더니 정식으로 면허가 나왔다.

결과적으로 면허를 땄으니 다행이지만, 학과시험을 치르지 않고 해외로 휴가를 떠나는 바람에 해를 넘기고 말았고, 휴가를 다녀온 후에는 밀린 일을 처리하느라 눈이 핑핑 돌 정도로 바빠 결국 4월까지 미루고 말았다.

이 면허 취득은 나만의 문제가 아니었다. 프로그램 기획이 얽힌 문제라 연초부터 라디오국 스태프가 쿡쿡 찔러댔다.

"사메즈에 언제 가시나요?"

"갈 겁니다, 간다니까요."

그렇게 말한 후가 길었다. 이래선 안 되겠다고 반성하고 4월 초에 일정을 잡았는데 교과서를 펼칠 때마다 졸음이 쏟아졌다. 마침내 공언했던 예정일 전날이 되었다. 나는 솔직히 말했다.

"공부를 안 해서 연기하고 싶어요."

하루를 연기하고 열심히 공부만 했다. 교과서를 읽고, 외우고, 문제집을 풀었다. 졸업한 학원에 가서 모의시험 같은 것도 쳐봤다. 그래도 불안했다. 저녁에는 친한 여동생 A짱과 약속이 있었다.

"어? 내일 면허? 학과시험?"

이자카야에서 A짱이 엉뚱한 목소리를 냈다.

"붙을 수 있을까…… 불안해."

온통 운전면허에만 정신이 팔린 채 불안에 떨며 어쩔 줄 모르는 나에게 A짱이 말했다.

"나는 오래전에 따서 잘은 모르겠는데, 아마 그날 모의시험 같은 걸 보는 학원이 있나 봐. 그 시험을 치면 한방에 붙는대."

"정말?"

그 자리에서 스마트폰으로 검색해주었다.

"새벽 5시 반부터래."

"그래?"

시험은 9시 반부터. 학원 수업은 5시 반부터 8시까지. 멋지다. 새벽반이 있다는 말만 듣고도 가슴이 설레었다. A짱과는 밥 먹고 곧장 헤어졌다. 집에 도착하니 밤 11시. 참고서를 되풀이해 읽었지만 너무 졸렸다. 잠시 눈을 붙이기로 했다. 결국 12시까지 공부하고 두 시간 반을 잤다.

"어쩌지?"

수강신청을 하지 않았으니 만약 정원이 다 찼으면 들어갈 수 없다. 택시를 타고 사메즈에 도착한 시각이 새벽 3시. 5시 반부터 니 4시 반에는 문을 열 거라고 생각했다. 근처 패밀리레스토랑이나 찻집에서 한 시간 반 정도 공부하며 시간을 때우면 되겠다고 계산한 것이다.

그런데 아무리 둘러봐도 패밀리레스토랑이 없었다. 찻집도 물론 없었다. 할 수 없이 2층이 학원인 건물로 들어가 비상계단 층계참에 털썩 주저앉았다. 편의점에서 사 온 캔커피를 마시며 공부했다. 추워서 견디기 힘들 때는 이따금 일어나 계단을 오르락내리락했다. 왠지 고학생 같다는 생각에 웃음이 나왔다.

"아, 이제 4시 반이다. 문 열렸을까?"

빨리 따뜻한 실내에 들어가 몸을 녹이고 싶은 마음에 얼른 학원 앞으로 갔다. 여전히 셔터가 내려져 있었다. 결국 문이 열린 건 정확하게 새벽 5시 반이었다. 나 외에도 남자 두 명이 셔터 앞에서 기다리고 있었다.

안에 들어갔지만 그렇게 따뜻하진 않았다. 실내가 아직 데워지지 않았기 때문이리라. 수강신청을 하고 수강료를 지불했다. 추억 속 학교 책상이 빽빽하게 놓인 교실로 들어가니 책상마다 천장에 헤드폰이 하나씩 매달려 있었다. 무슨 설치미술로도 보였다. 헤드폰을 착용한 다음 빌려온 교재를 펼쳤다. 헤드폰에서 연습문제가 파도처럼 밀려나오더니 해설과 함께 해답도 흘러나왔다.

조금 전까지 추위 때문에 고생했는데 이제부턴 수마와의 싸움이었다. 실제로 옆자리 남자는 도중에 엎드려 자버렸다. 괜찮을까? 학원 스태프가 몇 번이나 깨웠다. 일일 학생이라도 역시 돈을 냈으니 깨워주는군, 하고 감탄하면서 헤드폰 선생의 목소리에 뒤처지지 않도록 열심히 교재를 눈으로 좇았다.

그게 한 시간 정도. 나머지 한 시간은 혼자 연습문제를 풀어보는 자습시간이었다. 말하자면, 반복 문제풀이 시간. 전부 7회분. 시간과의 싸움이었다. 다 풀면 선생을 불러 채점을 부탁하고, 모르는 부분에 대해 설명을 듣는 방식이었다.

놀랍게도 옆자리에서 졸던 남자가 굉장히 빨리 손을 들었다. 조금 전까지 졸지 말라고 주의를 줬던 선생이 채점을 하더니 이렇게 말했다.

"잘했네. 대단하다 대단해."

거의 만점인 모양이었다. 애초에 공부를 완벽하게 해뒀기 때문에 잘 수 있었다는 걸 알고 초조해하는 나. 나는 그보다 5분 정도 늦게 손을 들었고, 그럭저럭 합격선은 넘겼다. 하지만 아무래도 틀린 게 있으면 불안하다.

"저, 오전 시험에 응시할 계획이었는데, 불안해서 역시 오후 시험으로 미루고 오전에 좀 더 공부하는 편이 좋을까요?"

그런 걸 선생한테 물어본다. 선생은 베테랑이라 단호하게 대답해주었다.

"그럴 필요는 없겠죠. 이 정도라면 붙을 겁니다."

진짜야? 하고 생각했지만 졸음이 쏟아져서 오후까지 버틸 수 없겠다고 판단. 포기하고 9시에 시험장으로 향했다.

여태껏 그렇게 긴장한 적이 없었다. 심장 소리가 다른 사람에게도 들리는 게 아닐까 싶을 정도였다. 기억이 잘 나지 않는 문제도 있었지만 신중하게 검토하여 실수를 방지했다.

합격 발표는 교실에서 바로 이루어지는데 모니터에 번호가 흐르게끔 되어 있었다. 중간에 빠진 번호는 떨어진 사람이다. 예상 외로 많이 떨어지는 것 같아 덜컥 겁이 났다.

"아, 내 번호다……."

가슴을 쓸어내렸다.

드디어 면허증을 손에 넣었다. 이제 두 번 다시 이런 시험은 치고 싶지 않다고 생각했다. 감기까지 걸렸으니…….

덴쓰맨에게 물었습니다

옛날에 광고회사인 덴쓰에 근무한 적이 있다. 서른까지 7년간. 근무하면서 참 훌륭하다고 생각한 영업사원이 있었는데, 한 살 위인 M이라는 선배다. M씨는 사내에서도 인망이 두텁고 사외에서도 인기가 많았다. 성실한 데다 유머감각도 있었다. 가장 훌륭한 건 늘 함께 생각해주는 점이었다. 영업직이지만 크리에이티브 부서에 소속된 나에게 작업을 의뢰한 후에도 그냥 맡겨두지만은 않았다. 영업이라는 관점에서 검증하고 다양한 각도에서 함께 생각해주었다.

그것만큼 고마운 일도 없다. 왜냐하면 영업사원이야말로 클라이언트와 가장 가까운 존재니까. 무엇을 원하는지 정확히 알기에 리스크 관리에도 적합하다. 이런 표현이나 자세는 고객이 싫어한다고 사전에 언질을 줄 수도 있다. 그런 걸 모르고 가면 열심히 준비해도 아웃이다. 시간과 체력과 아이디어를 낭비하는 셈이 된다.

그런 M씨에게 얼마 전 연락이 왔다.

"나도 깜짝 놀란 일이긴 한데, 내가 이번에 부장이 됐거든. 그래서 영업연수라는 걸 해야 해."

나보다 고작 한 살 위인데, 벌써 부장? 게다가 뭔 연수? 들어보니 다른 부서에서 영업으로 이동해 온 사람들을 위해 영업이란 무엇인지에 관해 강의를 하게 되었다고 한다.

"나 혼자 일방적으로 이야기하기보다 덴쓰에서 퇴사한 사람들을 대상으로 덴쓰식 영업의 좋은 점과 나쁜 점에 대해 인터뷰한 장면을 보여주고 싶어."

M씨의 부탁이라면 거절할 수 없다. 즉각 오케이. 여전히 기획력이 대단하군. 센스 있어. 연수 받을 사람들이 부럽다.

"에리, 바쁜데 번거롭게 해서 미안해. 사무실이든 어디든 찾아갈 테니 5분만 시간 내줘."

이 사람의 대단한 점은 본인이 더 바쁠 텐데도 상대를 배려한다는 점이다. '바쁜데 미안해'라니, 당신만큼 바쁘겠어?

M씨는 이런 사소한 일도 소홀히 하지 않는다. 더욱 큰 재미를 주기 위해 시간을 투자하여 꼼꼼히 연구한다. M씨는 여전히 건재했다.

내 사무실에서 M씨와 오랜만에 재회한 날. M씨랑 함께 온 후배가 비디오를 돌렸다.

"그럼, 질문할게. 덴쓰식 영업의 훌륭한 점에 대해 생각해본 적 있어? 혹은 이랬으면 좋았겠다 싶은 점이나."

덴쓰식 영업의 훌륭한 점이라면 M씨 그 자체라고 생각하므로 M씨의 어떤 점이 훌륭한지에 대해 이야기하기로 했다. M씨는 점 잖은 성격이라 분명 자기 입으로 자기 말은 하지 않을 테니.

"M씨는 늘 먼저 사과해요. 프레젠테이션이 잘 안 풀렸을 때, 아이디어가 채택되지 않았을 때, 로비로 나가자마자 '미안! 정말 미안해!' 하고 우리한테 사과해요."

우리 탓인데, 아이디어가 부족했기 때문인데, "꽉 막힌 고객이라 미안. 기분 나빴지? 미안해"라고 한다. 이러기도 쉽지 않다. 오히려 소중한 고객의 일을 망쳤다고 따져도 우리는 할 말 없는데. 그렇게까지 하지는 않더라도 연대책임인 건 분명하니 사과하는 영업맨은 일단 없다고 봐야 한다. M씨는 크리에이터에 대한 존경심이 엄청나다. 늘 입버릇처럼 말한다.

"오미야 같은 일류한테 이런 귀찮은 일을 시켜서 미안해."

나는 일류도 아니고, 오히려 일을 줘서 고마울 따름이다. 분명 만만치 않은 작업이었지만 그렇게 사과할 일은 아니었다. 하지만 M씨는 진심으로 미안해했다.

"훌륭한 크리에이터와 고객을 연결해주는 것이 내가 할 일이니까."

그런 이유로 M씨의 일이라면 어느 크리에이터도 거절하지 않는다. 다들 흔쾌히 떠맡는다.

같이 일할 때는 상대에 대한 경의와 존중이 무엇보다 중요하다고 생각한다.

"다른 사람들은 어떤 이야기를 했나요?"

그러자 M씨가 말했다.

"예를 들어 클라이언트가 A라는 아이디어를 가지고 있고 크리에이터가 B라는 아이디어를 가지고 있다면, 영업은 드러내진 않더라도 C라는 아이디어를 갖고 있었으면 좋겠다고 하더라. 영업 쪽에서도 생각하길 바라고, 리스크 관리를 했으면 좋겠다고."

과연. 그런 중요한 행동이나 자세에 대한 코멘트가 제법 나온 모양이다. 나는 그런 분들보다 훨씬 무책임한 입장이었고 연차도 낮았으니 인터뷰이로는 적임자가 아니다. 그렇다면 근저를 이루는 큰 그림에 대해 이야기하는 편이 좋겠다고 생각했다.

"C안을 마음속에 품고 있는 건 역시 배려를 위한 행위겠죠"라고 평소의 내 생각을 이야기했다.

상대를 생각한다. 동료를 생각한다. 그러면 어떻게 행동하는 게 좋을지 저절로 알게 된다. 중요한 것은 상상력이다.

"그리고 성격. 얼마나 사랑받느냐가 중요해요. 클라이언트에게 사랑받는 영업을 하면 당연히 일이 순조롭게 풀리겠죠"

M씨의 상사 중에 N씨라는 호쾌한 영업맨이 있었다. 프레젠테이션에 가끔 지각을 하는데, 신기하게도 클라이언트가 화내지 않았다. 심각하게 늦어 프레젠테이션이 종료되기 직전 마지막 5분을 남겨두고 허둥지둥 들어왔을 때도 클라이언트는 왠지 기뻐하는 것 같았다. 화내기는커녕. 신기했다.

"오, N 왔네!"

"죄송합니다. 차가 막혀서."

"거짓말이지? 술 냄새 엄청 나."

"예! 술 마셨습니다! 죄송합니다!"

"역시 그랬군!"

영업맨은 조금 모자라 보이면 오히려 안심이 되는 모양이다. 인간적인 면이 중요하니까. 마음 편한 게 좋거든. 모자라 보이면 왠지 신뢰가 가고 결국 애착으로도 연결된다.

물론 N씨는 일도 척척 잘한다. 외자계 회사에 스카우트되어 이직했을 정도다.

"다음 코스로 N씨한테 갈 건데, 같이 갈래?"

N씨라니, 당연히 따라가기로 했다.

"오랜만이네. 점심 먹을래?"

N씨는 보금자리를 옮긴 후에도 여전히 발랄했다.

"에리는 볼 때마다 헤어스타일이 바뀌네."

이렇듯 외모 체크와 그에 대한 코멘트(아마 칭찬)도 빼먹지 않는다.

우리는 깨끗한 직원 식당에서 배를 채운 후 회의실로 장소를 바꿔 인터뷰를 시작했다.

"글쎄. 영업하면서 주의할 점?"

N씨가 천장으로 시선을 둔 채 말했다.

"잡은 물고기에게도 먹이를 줘야 한다."

"네?"

역시 인기남. 연애 상담이라도 받는 것 같다.

"잡으면 의외로 먹이를 안 줘. 의뢰를 받았으면 더 많이 서비스해야지."

N씨다운 발언이 튀어나오오니 M씨는 싱글벙글이다.

"또?" 하고 M씨가 요구한다.

글쎄, 하고 N씨가 턱을 어루만지며 고민한다.

"그다음엔 성격인가? 내가 어떤 캐릭터인지 확실히 드러내고 사랑받아야지. 조금 모자라 보이는 게 나아."

M씨와 나는 서로 얼굴을 마주보았다. 그냥 모자란 줄 알았던 N씨가, 지각 상습범 N씨가, 갑자기 멋있는 지능범으로 보였다.

"마지막으로 한마디 하자면, '덴쓰맨'이라는 호칭, 정말 굉장하다고 생각해. 하쿠호도(하쿠호도는 덴쓰와 함께 일본 광고업계 1, 2위를

다투는 회사다 – 옮긴이)맨이라고는 안 하잖아? 맨은 말이야, 원래 상
사맨이라든지 은행맨이라든지 직업에 붙는 거잖아. 그 점에 자부
심을 가졌으면 좋겠어."

　M씨의 얼굴이 반짝였다. 내 얼굴도.

필요 없는 물건은 뭔가요

"에리 씨, 재미있는 일이 들어왔어요."

여직원 A가 묘하게 기쁜 얼굴이다. 기획서를 보니 이렇게 적혀 있다.

'당신의 사무실이나 자택에 잠들어 있는 귀한 물건들을 맡아 minikura MONO에 수납해드립니다!'

즉, 대형 수납업체인 데라다 창고처럼 버릴 수 없는 물건을 보관해주는 서비스를 소개하기 위한 프로그램인 모양이었다.

"이거 좋네요."

A가 신바람 난 이유를 나는 알고 있다.

"필요 없는 물건 많잖아요."

"필요 없지 않아."

사무실에 골판지상자가 두 개 있다. 안에 든 내용물은 일생에 단 한 번뿐인 만남을 통해 구입한 추억 속의 진귀한 물건들이다.

A가 말했다.

"하지만 이 잡동사니들."

"!"

"이 아니라, 이 귀한 물건들을 버리지 않고 소중히 보관할 수 있다면 좋지 않은가요?"

"A짱, 이건 말이야, 잡동사니 아니거든. 보물이거든!"

"……."

뭐, 그렇겠지. 평소에 쓰지도 않는데 사무실 공간만 차지하고 있으니 성가시기도 하겠지.

"이 일, 맡을 거죠?"

"응, 그럴까? 창고에 보내면 공간도 조금 넓어지겠지?"

J-WAVE의 인기 진행자인 히데시마 후미카가 찾아왔다.

"자, 소중하여 버릴 수 없는 것들을 맡아드리겠습니다! 창고로 척척 보내버립시다!"

그렇게 녹화가 시작되었다.

솔직히 말하면 상자를 여는 게 3년 만이다. 이사한 후로 한 번도 열어보지 않았다. 뭐가 들었을까?

첫 번째 상자를 열었는데, 에구머니, 이게 뭐야? 아, 기억난다! 개구리에 펌프가 달려 있어 손으로 잡으면 뿅 하고 튀어 오르는 그거, 아시나요? 그게 우글우글 총 200마리 정도 들어 있었다. 갓

파바시(일본 최대의 도구 상점가–옮긴이) 도매상에서 샀는데 하나하나 분류되어 50마리씩 종이보드에 붙어 있다.

"으엑, 징그럽다."

히데시마 씨가 말했다.

"그런가? 귀엽지 않아?"

"이게 다 필요해?"

"양이 중요하지. 한 마리만 있으면 의미가 없어. 50마리 모여 있으니 귀여운 거야."

"……."

내 귀에 무언의 목소리가 들렸다.

'그냥 잡동사니잖아! 뭐가 좋다는 건지 이해를 못하겠어!'

"그래도 200마리나 필요 없잖아? 조금 맡길래?"

"에에에엣?"

나의 시큰둥한 목소리에 스태프랑 A가 모두 '헐' 하는 표정이다. 사람들의 마음속 목소리를 히데시마 씨가 대변한다.

"방금 상자 열 때까지 이런 게 있었는지도 몰랐지?"

"맞아, 맞아!" 하며 A가 고개를 끄덕인다.

"잊고 있었던 건 맞지만 지금 다시 생각났잖아. 내 손이 닿지 않는 머나먼 창고로 가버린다고 생각하니 갑자기 쓸쓸해져……."

나 혼자 애끓는 심정이다. 다들 '헐' 하는 얼굴인데.

"이걸 어디다 쓰려고?"

히데시마 씨가 물었다.

"선물로 주면 좋을 것 같아서 샀어."

나는 직업상 라이브나 무대 공연에 초대받아 분장실에 가는 경우가 많다. 그때 자기 돈으로는 안 사겠지만 누군가에게 받으면 기쁠 재미나고 앙증맞은 소품을 선물로 주면 좋겠다고 생각한 것이다. 그래서 적당한 물건을 발견하면 대량으로 구입해두곤 한다. 그때 내 마음속에 자그맣게 들어앉은 불안을 히데시마 씨가 정확하게 알아맞혔다.

"그런데, 이거, 받으면 좋아할까?"

그렇다. 받으면 처음에는 "와아, 옛날 생각난다!"거나 "앗, 징그러워!" 하면서 유쾌해하지만, 그 뒤엔 어떻게 됐는지 모른다. 어쩌면 집에 돌아가서 '이런 거 필요 없어' 하고 냉정하게 버릴지도 모르지.

"그래도 아이가 있다면……."

약해진 마음을 다잡고 긍정적으로 말하는 나를 "요즘은 애들도 이런 걸로 안 놀아. 다 게임하지"라는 말로 깨우쳐준 히데시마 씨의 악의 없는 지적이야말로 가장 현실적이었다. 그렇다면 역시 다들 집에 갖고 가서 이렇게 생각했을까?

'이런 거 필요 없어…….'

그, 그래도 좋다. 버려도 된다.

나는 다시 기운을 내어 상자 속 물건을 뒤지기 시작했다. 나온다, 계속 나온다.

"아! 이건 어떤가요?"

내가 꺼낸 건 아마도 게로 온천에 갔을 때 산 게로 고약이라는 것이었다. 붙이는 습포제인데, 포장이 예스럽고 귀엽다. 도야마 지방에 가면 약장수가 생약이라며 팔 것 같은 느낌. 제조원이 주식회사 오쿠다마타에몬코혼포(奧田又右衛門膏本舖)라는 점도 재미있다. 대표이사의 이름을 딴 아주 긴 이름이다.

"와, 옛날 생각난다. 분명 그때 샀어, 그때 산 거야."

재회를 기뻐하는 나를 보고 히데시마 씨가 말한다.

"지금은 꼭 없어도 되지?"

내가 놀라서 대꾸한다.

"어? 오랜만에 재회했는데?"

내가 아이처럼 게로 고약을 손에 꼭 쥐고 안 놓으려 하니 그녀가 타이르는 듯한 목소리로 말한다.

"그런데……."

응? 뭐? 그녀의 시선이 포장지 뒷면에 꽂혀 있었다.

"유효기간이 2010년."

"어? 4년 전?"

파스에도 유효기간이 있어?

"당연히 있겠지, 약인데. 자, 이건 버리자."

히데시마 씨가 고약을 뺏으려 하자 다급해진 나.

"싫어, 싫어! 안 버릴 거야!"

"앗?!"

그 후 다들 조용해졌다. 어처구니가 없었던 것이다. 히데시마 씨도 이제 졌다는 듯 밝은 목소리로 말했다.

"알겠어! 버리기 싫다면 minikura에 보관하자."

나는 고개를 끄떡했다. 왜냐하면 한 세트가 더 눈에 띄었기 때문에. 내가 똑같은 상품을 꺼내는 걸 보고 히데시마 씨가 놀란다.

"혹시, 에리짱……."

그렇다. 나는 좋다 싶은 물건을 발견하면 똑같은 걸 하나 더 산다. 누군가에게 주면 내가 나중에 쓸 게 없으니까. 반드시 더블 구매, 트리플 구매를 한다.

"그럼, 하나는 두고 하나는 버려."

"싫어, 하나는 창고, 하나는 지금 붙여볼래!"

아프지도 않은 허리에 파스를 붙인 나. 내가 이렇게 말 안 듣는 사람인 줄은 나도 몰랐다. 하지만 내가 모은 것은 시간이 지나도 내겐 여전히 보물이라는 사실에 자랑스러움을 느꼈다. 여직원의 한숨과는 반대로.

진짜 관광객이었습니다

나는 이해가 잘 안 되는데, 사람들에게 자주 듣는 말이 있다.

"에리한텐 신기가 있어."

뭐야, 그게. 신기? 신통력이 있다는 뜻인가? 물어보니 "비를 멈추게 했어"라든지 "내가 아무한테도 안 한 말인데 에리가 정확하게 맞춰서 덜컥했던 때가 제법 있었어", "에리가 술자리에서 처음 만난 사람한테 상담을 해주다가 핵심을 찌르는 말을 하는 바람에 그 사람이 큰 결심을 하고 인생을 바꾸는 걸 몇 번이나 본 적이 있어"라고 한다.

친하게 지내는 뮤지션 N군한테 메시지가 왔다.

'오늘 라이브 올 거지?'

갈 거야, 라고 답을 보냈더니……

'비가 많이 온대. 천둥도 치고. 신기를 발휘하여 날씨 좀 맑게 해줘.'

진심으로 하는 말일까? 내가 맑은 날씨를 부르는 경향이 있긴 하지만 나한테 실제로 그런 능력이 있을 리 없다. 비가 온다면 오겠지, 장마철이기도 하고. 그런데…… 공연을 앞둔 뮤지션한테 '난 못해'라고 말하려니 입이 떨어지지 않아 '나한테 맡겨'라는 답을 보내고 말았다.

아무리 그래도 내가 무당도 아니고, 어떻게 주문을 외워야 하는지도 모르잖아. 그저 갤 거라 믿을 뿐. 이어서 뮤지션 I짱에게 메시지가 왔다.

'에리, 오늘 N군 라이브 보러 갈 거야?'

갈 거야! 하고 답하니 '지금 그쪽으로 갈게. 우리 같이 가자.'

30분 후 그녀가 완전 무장한 모습으로 찾아왔다.

"오늘 비 엄청 많이 온대."

태풍 중계를 하는 기상캐스터 같은 차림이랄까. 어떻게 보면 등산복 같기도 하다. 공연장은 히비야 야외음악당, 도심 한가운데에 있다.

"캠핑이라도 가는 거냐?"

"조금 있으면 폭풍우에 뇌우까지 쏟아진대. 에리도 비옷 챙겨 입어. 추워질 테니 두껍게 입고."

그래서 내가 말했다.

"아냐, 비 안 와."

I짱이 놀랐는지 한순간 멍하니 보기만 했다.

"무슨 말이야, 에리. 지금 오고 있어……."

커튼을 걷어보니 이미 호우가 쏟아지고 있었다.

"……."

"몰랐어?"

아니다. 어렴풋이 눈치채고 있었다. 유리창을 두드리는 바람 소리에 후드득후드득 빗소리가 섞여 있었다.

"꽃가루 알레르기와 마찬가지라고 할까."

"응?"

예전에 외부로 촬영을 나갔을 때 눈이 새빨개지고 콧물이 흐르고 재채기가 멎지 않은 적이 있었다.

"에리 감독님. 꽃가루 알레르기 같으니 마스크 쓰세요."

친절하게 조언해준 스태프에게 딱 잘라 말했다.

"이거 꽃가루 알레르기 아냐!"

"!?"

다들 눈만 끔뻑끔뻑.

"꽃가루 알레르기가 맞는 것 같은데요. 아무리 봐도 증상 이……."

왜 그런지 내 귀에는 이렇게 들렸다.

"나리, 외람되오나, 틀림없는 꽃가루 알레르기이옵니다."

그런데도 어리석은 나리는 고집만 피운다.

"아니야, 꽃가루 알레르기라고 단정 짓는 순간에 꽃가루 알레르기에 걸려버리는 거라고. 그러니 이건 꽃가루 알레르기가 결단코 아니다!"

그 말에는 아무도 대꾸하지 못하고 마스크를 내민 손을 도로 집어넣었다.

"그런 의미에서 I짱, 일단 그 비옷, 벗자."

"어?"

"비옷이 비를 내리게 한단 말이야."

I짱이 호우가 쏟아지는 집 바깥쪽을 돌아보았다.

"그칠 거야. 기다려봐 봐."

하지만 그칠 기미는 전혀 보이지 않았다.

"차 한잔 할까?"

교토에서 사 온 맛있는 엽차를 끓였다. 비에 대해서는 잠시 잊고 두 여자가 수다 꽃을 피우다가 I짱이 먼저 "앗" 하고 시각을 확인했다.

"슬슬 가야 되지 않을까?"

시계를 보니 빠듯했다.

"아, 비는?"

호우에서 가랑비로 바뀌어 있었다.

"저녁에 본격적으로 내린댔어. 이제부터야."

I짱은 비옷 차림 그대로, 나는 우산만 챙겨 들고 바깥으로 나왔다.

히비야에 도착했을 때 놀랍게도 비가 그치고 해까지 나왔다. 무더울 정도였다.

"더워……."

I짱은 비옷도 집업도 벗어던지고 티셔츠만 남겼다. 그때 N군에게 메시지가 왔다.

'역시 신기가 있어. 땡큐.'

우연히 그렇게 되었지만, 일단 비가 그쳐서 다행이라고 생각했다.

또 다른 날. 친한 바이올리니스트의 라이브를 보러 오키나와에 갔을 때의 일이다. 마침 같은 공연을 보러 도쿄에서 온 지인을 우연히 만났다.

"에리 씨, 하마히가 섬에 한번 가보세요. 파워 스팟으로 유명한데, 정말 기분 좋았어요."

공연 보는 것 말고는 다른 일정이 없었기에 다음 날 아침 택시를 타고 "하마히가 섬으로"라고 목적지를 알렸다. 잠시 후 운전사가 말했다.

"기도드리러 왔나요? 수고 많으십니다."

무슨 말일까 의아해하는데 운전사가 다시 말을 이었다.

"무녀시죠? 수고 많으십니다."

"아니에요, 저는 보통 관광객이에요."

그렇게 말했지만 좀처럼 믿어주지 않았다. 빨간 원피스에 누가 봐도 리조트 차림인데.

"당신에겐 선인으로서 기도를 완수해야 할 사명이 있습니다. 그 사명을 저버려 화를 입은 사람을 저는 몇 명이나 봤습니다."

그러니까, 아니라고요.

"소원을 빌고 싶긴 해요. 하지만 저는 그냥 원하는 걸 이루고 싶은 평범한 일반인일 뿐입니다."

내 말은 듣는 둥 마는 둥 운전사의 발언이 이어졌다.

"도망치면 화를 입습니다."

그는 몇 번이나 '화'라는 단어를 언급했다. 나는 신보다 그 운전사가 더 무서웠다.

"모두를 위해 기도해주세요."

나는 포기하고 입을 다물었다. 그러자 운전사가 흡족하다는 듯 말했다.

"그래요, 그 자세가 좋습니다. 지금부터 정신통일해야죠."

하마히가 섬에 도착했다. 듣던 대로 정말로 기분이 좋아지는 곳이었다. 신사가 보이기에 일단 참배하러 가는데 뭔가 묘한 기운이 느껴져 슬쩍 뒤돌아보았다. 운전사가 역시 그랬군, 하는 표정으로 고개를 끄덕이고 있었다.

'!'

그러고는 나를 향해 깊이 고개 숙인다. 아닌데…….

관광을 끝내고 택시로 돌아왔다. 아직 시간이 있어서 어디 가면 좋을지 오키나와 친구에게 전화했더니 "나카구스쿠 성터는 어때?"라고 권하기에 운전사에게 그대로 알렸다. 그러자 "좋습니다. 신께서 기도할 장소를 알려주셨는데 거역하면 화를 당하겠지요."

나는 표정을 바꾸지 않고 말했다.

"지당하신 말씀입니다."

신의 계시보다 운전사의 믿음에 거역할 수 없었다.

장롱면허 탈출기

　　운전면허를 딴 후 3개월이 흘렀다. 자동차학원을 졸업한 후로는 7개월. 친구 구미가 말했다.

　　"그러다 장롱면허 되겠다!"

　　내가 대답했다.

　　"되겠다가 아니라 이미 됐어……."

　　어느 날 그녀의 차 조수석에 타고 점심을 먹으러 갔다. 식사 후 그녀가 "마트 가야 해"라고 말했고, 마침 참기름이 떨어졌다는 게 생각나 나도 잘 됐다 싶었다. 마트는 일단 가면 즐거운 곳이다. '참, 밀가루도 얼마 안 남았지', '화장실 휴지가 세일 상품으로 나와 있네' 하면서 이것저것 사게 된다.

　　만족스러운 얼굴로 쇼핑을 마치고 주차장으로 돌아오는 길에 구미가 말했다.

　　"에리가 운전해볼까?"

"어어어어어어!?"

주차장이 울리도록 큰 소리를 내는 바람에 주위 사람들의 곱지 않은 시선이 우리에게 쏟아졌지만 구미는 신경 쓰지 않았다.

"지금 안 하면 언제 할 건데?"

그렇긴 하다. '지금 해야지!'라는 마음속 목소리가 메아리친다. 각오하고 운전석에 올랐다. 어느 틈에 준비했는지 구미가 초보운전 스티커를 차 앞뒤에 붙여주었다. 그녀는 일할 때 늘 차를 몰고 다니는 베테랑 드라이버다.

"자, 우선, 미러부터 조정하고."

조수석에 앉은 구미가 시원시원한 목소리로 하나하나 일러준다. 반년 만에 운전석에 앉은 나는 건담의 조종석에 앉혀진 소년처럼 당황하고 말았다. 당장 구미의 호통이 날아든다.

"안전벨트 매!"

"네!"

"시동 걸고!"

"음……."

어디더라? 하고 두리번거리는 나.

"키를 돌려야지."

기본까지 다 잊은 나 자신에게 경악. 키를 돌리니 엔진소리가 부르릉 울렸다. 차종은 회색 비츠. 스포츠카도 아닌데 엔진소리에 덜컥 놀라는 나를 보고, 구미는 완전히 어이없어하는 표정이다.

"브레이크를 밟은 채로 기어를 파킹에서 드라이브로 바꿔. 브레이크는 계속 밟고 있어야 돼."

나는 발밑을 들여다보며 확인했다.

"브레이크라면, 왼쪽이지?"

"……."

어이없어하던 구미의 얼굴이 공포스러운 얼굴로 바뀌었다.

"그만하자."

"싫어, 그만 안 돼! 할 거야!"

이번엔 내 의지가 더 굳건했다. 구미 같은 대범한 사람을 놓치면 아무도 나에게 이런 기회를 만들어주지 않을 것이다.

"봐봐. 할 수 있어."

나는 꼭 밟았던 브레이크를 서서히 뗐다. 크리프 현상이다. 기억하고 있다. 액셀을 밟지 않아도 브레이크를 떼면 천천히 차가 움직인다. 주차 공간에서 빠져나가면서 핸들을 조금씩 왼쪽으로 꺾었다. 나가면 바로 야마노테 거리다. 그 거리에서 차가 들어오려 한다. 주차장 왼편 안쪽에서도 차 한 대가 나오려 한다. 나는 다시 브레이크를 밟았다.

"어?"

구미가 놀라서 나를 본다. 나는 핸들을 꽉 잡은 채 구미 쪽을

190

보지 않고 말했다.

"안 할래……."

"응? 아직 30센티밖에 안 나갔어."

"응…… 그래도 안 할래."

구미가 "알겠어" 하고 기어를 파킹에 넣었다. 사이드브레이크를 당긴 후 각자 차에서 내려 원위치로 돌아갔다.

"집까지 데려다줄게."

"응……."

비츠가 좌절감 덩어리를 태우고 초보 스티커를 그대로 붙인 채 야마노테 거리로 나왔다. 구미의 안정적인 운전으로.

나는 과도한 긴장감에서 해방되어 묘한 흥분 상태에 빠진 채 나도 모르게 이런 말을 지껄였다.

"와아, 비츠는 운전하기 쉽네!"

"!?"

나는 내 발언이 이상했다는 걸 알아차리고 곧 말을 바꿨다.

"내가 무슨 말을 한 거지? 운전은 30센티밖에 안 해놓고."

"그러게 말이야."

며칠 후에 내가 산 책상을 구미가 차로 집까지 옮겨주기로 하였다.

"자, 싣는다."

나는 책상을 뒷좌석에 넣고 조수석에 올랐다. 출발해서 가는데 별안간 구미가 갓길에 차를 세운다.

"응?"

의아해하는 나를 보며 구미가 진지한 표정으로 말했다.

"자, 운전해봐."

"어어어어? 또오오오오!?"

이번에는 꼭 해보라는 구미의 제안을 나는 완강히 거부했다.

"안 돼."

"왜?"

주차장에서도 그렇게 겁먹었던 나더러 도로에서 운전을 하라고 하다니 정말로 이 친구는 강인한 심장을 갖고 있구나 싶었다. 친구의 담대함에 감탄하면서도 나는 고개를 숙인 채 말했다.

"마음의 준비가 안 됐어."

구미가 어이없다는 듯 "지금 준비해"라고 말해줬지만 나는 "최소한 전날부터 이미지 트레이닝을 해야 돼"라며 조수석에서 꼼짝도 하지 않았다.

그런 내가 라디오 프로그램 스태프들과 하코네에 가게 되었다. 면허 취득 기념으로 드라이브를 한 후 블로그에 글을 올려야 하는 '일'이다. 물론 전날부터 이미지 트레이닝을 하고 갔다. 아침에 일단 차 앞에 모여 일동 '출발!' 하는 포즈로 기념사진. 물론 블로그에 신기 위해서다. 모두 활짝 웃고 있다. 고, 고, 하코네! 고, 고, 온천 드라이브!

사진을 보고 내가 말했다.

"잘 나왔다. 다들 웃고 즐거워 보이네!"

그때 스태프 중 유일한 여성이 내게 말했다. 그 얼굴에 조금 전의 웃음이 사라지고 없었다.

"내가 없어져도 괜찮게끔 아침에 고양이한테 먹이가 있는 장소를 몇 번이나 가르쳐주고 나왔어요."

"엥?"

"나도 아이랑 많이 놀아주고 왔어요."

비통에 찬 목소리. 조금 전의 웃음은 직업상 형식적으로 만들어낸 것이었던가……

새삼 구미의 담력은 대단하다고 생각했다.

"여러분을 무사히 하코네까지 모실 테니! 걱정 마!"

나는 야무진 얼굴로 핸들을 꼭 잡았다. 뒷좌석과 조수석에서 "오오" 하는 목소리가 들렸다. 그렇게 성의 없고 영혼도 없는 감탄사는 이전에도 이후에도 들은 적이 없었다.

도가쿠시 신사와 욕망

친구가 나가노에서 이벤트를 한다고 하여 보러 다녀왔다. 당연히 뒤풀이가 몇 차까지 이어졌고, 왜 그렇게 됐는지는 몰라도 호텔로 돌아와서도 마시게 되었다.

"○○ 선배가 에리 방에서 마시고 싶대."

다른 사람들 방은 운영위원 방이랑 가까워서 시끄럽게 하면 깰 수 있기 때문이란다.

"수학여행 온 것 같다."

"그러게……."

우리는 나이도 먹을 만큼 먹은 아저씨, 아줌마다. 그런데도 새벽 3시부터 방에서 마시기 시작하여 6시까지 술자리가 이어졌다. 창밖이 밝아지니 누군가가 눈 좀 붙여야겠다며 먼저 일어났고 그걸 계기로 모두 각자 방으로 흩어졌다. 나는 담배랑 술이 굴러다니는 방에 혼자 남아 생각했다.

"여기서 어떻게 자나."

그래도 불쾌하기보다 오히려 술을 막장까지 마셔서 그런지 개운했다.

"좋아, 그냥 체크아웃하자."

그리하여 잠 한숨 안 자고 프런트로. 침대에 누워보지도 못하고, 침대커버를 들춰보지도 못하고, 쓰레기와 술병을 한군데로 모아놓고 방에서 나왔다.

"차 준비할까요?"

"아뇨, 걸어갈게요."

우에다 역으로 가서 열차를 타고 나가노 역까지 갔다. 거기서 버스를 타든지 없으면 택시를 타고 도가쿠시 신사에 가기로 했다. 아마 8시에는 도착하겠다고 예상했다.

결국 버스가 없어서 택시를 탔는데 40분쯤 걸린다고 했다. 7시에는 도착하겠구나, 라고 중얼거리니 운전사가 "거기서부터 꽤 걸어 들어가야 해요"라고 한다.

내려서 보니 안쪽 신사까지 도보 40분이라고 적혀 있다. 나는 8시까지는 참배를 끝내고 싶었다.

도착한 시각은 7시 반. 기분 좋은 아침. 작은 새들이 사방팔방에서 지저귄다. 이럴 때 '아아, 그 사람에게 이 소리를 들려주고 싶다', '아아, 그 사람도 이 햇살을 받으면 좋겠다'라고 생각하게 되는 건 왜일까? 정말 멋진 것을 보거나 들으면 소중한 친구와 나누고 싶어진다.

"하지만 그 녀석들은 아직 술에 절어 자고 있겠지……."

왠지 기분이 묘해졌다.

신록이 눈부셨다. 양옆으로 수십 미터나 곧게 뻗은 삼나무 사이를 숙연한 마음으로 걸어가는 동안, 내 안에 있는 쓸데없는 것들이 모조리 깎여나가는 것 같은 기분이 들었다. 숲 속을 걷는 시간. 풍요롭고 깨끗한 시간. 발바닥에 느껴지는 나가노의 비옥한 흙의 감촉이 좋았다. 어느덧 전방에 빨간 기둥문이 보이기 시작했다. 삼나무 가로수길 끝에 우뚝 선 굵직하고 새빨간 기둥문에 무심코 "오!" 하는 감탄사가 나왔다.

"여기서부터 본격적인 성역인가……."

사실은 숲에 들어섰을 때부터 신의 기운이 느껴졌다. 산길을 걸을 때, 나무 사이를 나아갈 때, 기둥문을 지날 때, 몇 번이나 '여기는 신성한 곳이다'라고 누군가가 당부하는 듯한 느낌을 받았다. 그때마다 "네, 들어가겠습니다"라며 경건한 마음으로 나아갔다.

이른 아침이라 아무도 없으리라 생각했는데, 연세가 예순은 넘어 보이는 부부가 작은 배낭을 짊어진 채 사이좋게 대화를 나누며 내 앞을 걷고 있었다. 길이 평탄하다가 도중에 급경사가 나오니 숨이 찼다. 그런데도 뛰어 오르고 싶어, 나는 달리기 시작했다. 그 결과 일등으로 도착했다. 무척 작은 신사여서 조금 싱거웠지만 어차피 이 산 전체가 신사일 것이다. 산에 발을 들여놓은 순간 이미 신의 거처에 들어온 것이다. 신은 내가 이곳에 이르기까지 하늘에서 줄곧 지켜보았을 거라는 확신이 들었다.

두 번 절하고 두 번 손뼉 치고 다시 한 번 절한 다음, 주소와 이름을 말하고 인사했다. 이때 나는 아침까지 술을 마셨다는 사실을 까맣게 잊고 있었다. 아침은 시작이다. 지금 이 시각 이곳에 오기 위해 아침까지 마셨는지도 모른다.

접수처에 길흉을 점치는 제비가 마련되어 있었다. 아직 이른 시각이라 문이 닫혀 있어 잠시 그 주변을 산책하며 기다렸다.

정확한 시간에 창문이 열렸고 나는 제비를 샀다. 재미있게도 어린이 제비라는 게 있는데, '이해하기 쉬운 점괘'라는 설명이 달려 있었다. 그러면 어른 점괘는 이해하기 어려운가?

'……'

이해하기 어려웠다……. 어려운 말로 적혀 있었다. 몇 번이나 읽었지만 두루뭉술하여 무슨 뜻인지 알기 어려웠다. 아마 자신의 본분을 지켜 정진하라는 내용인 듯했다. 그런데 왜 연애나 결혼에 대해서는 아무것도 없을까? 정신이 번쩍 들었다.

역시 나는 일밖에 없구나 생각하며 왔던 길을 내려가는데 사람들이 속속 들어오는 게 보였다. 9시가 넘으니 사람들이 이렇게 많이 온다. 스쳐지나가는 여자들의 대화가 들렸다.

"인연을 맺어주는 신이라잖아!"

어? 하고 생각했다. 내가 뽑은 제비를 꼼꼼히 다시 읽어보았다. 역시 인연에 관해서는 한마디도 없고 일 열심히 하라는 말뿐이다.

기둥문을 지나 버스정류장에 도착해서 보니 11시 10분 버스가 있었다. 이걸 놓치면 두 시간 반을 기다려야 한다. 지금 시각은 11시 조금 전. 10여 분쯤 시간이 있었다. 이대로 정류장에서 기다리면 될 텐데 왜 그런지 메밀국수가 너무너무 먹고 싶었다.

"도가쿠시에 왔으면 당연히 메밀국수지. 게다가 신사 메밀국수잖아."

하지만 10분밖에 없다. 잠시 고민했다.

"5분 만에 먹을 수 있어!"

버스정류장을 노려보며 정류장 앞 국수 가게로 들어갔다.

"판메밀 주세요. 급하니까 빨리 좀 부탁합니다!"

반드시 11시 10분 버스를 타겠다! 라는 나의 살기 띤 눈빛을 느꼈는지 요리가 3분 만에 나왔다. 이제 2분 만에 먹으면 된다.

나는 이리하여 내 인생 처음으로 국수를 마셨다. 놀라운 건 메밀국수는 마셔도 맛있다는 사실. 씹지 않고 삼켰는데도 맛과 향이 그대로 느껴졌다.

가게에 들어가기 전엔 한입만 먹으면 된다고 생각했다. 그래서 시간이 없는데도 무턱대고 들어간 것이다. 인간은 어리석은 동물, 그 훌륭한 맛에 욕심이 생겨버렸다.

'한입만 더 먹고 싶다……'

시계를 흘끗 보았다. 11시 8분.

'한입만 더.'

계산은 국수가 나오기 전에 미리 끝내두었다. 한입만 더…… 안 돼.

'이제 나가야 해!'

"잘 먹었습니다!" 하고 외치며 버스정류장으로. 무정하게도 버스는 지나가버리고 말았다. 멜로드라마의 한 장면처럼 그 뒤를 쫓았지만 내가 따라잡을 수 있을 리 만무하고…….

그리고 내가 향한 곳은…… 그 옆의 다른 국숫집이었다.

"이번엔 오리고기 국수 먹어야지."

책으로 나온대

이 연재가 드디어! 책으로 만들어지게 되었다. 와우. 전부터 이야기는 있었지만. 고마운 제안인데도 그때 개인전이라든지 여러 가지 일로 바빠서 정신적으로 여유가 없었다.

"제안해주셔서 무척 기쁩니다만, 제가 정신을 차릴 때까지, 기력이 돌아올 때까지, 좀 기다려주시겠어요?"

이 이야기가 나온 때가 작년 여름. 그 후, 1년을 질질 끌었다.

그동안 통상적인 일을 하면서 신규 프로젝트는 거절하고, 여행을 가거나, 친구를 만나거나, 이사를 하거나, 노는 일에는 절대 안 빠지고……

"이제 괜찮아졌습니다."

담당자에게 이렇게 전화했다. 7월쯤 일에 몰두할 수 있을 만큼의 기력이 돌아왔다. 일단 회의부터 하기로.

내 사무실에서 〈선데이 마이니치〉 편집장을 만났다.

"에리, 작년에 개인전을 여덟 번이나 했지? 너무 많아. 다들 일 년에 한두 번 하거든. 뭐, 무턱대고 일단 해보는 게 에리 방식이겠지만, 솔직히 연재글 읽으면서 괜찮을까 걱정했어."

나는 늘 원고 제출이 늦기 때문에 황송하게도 편집장이 내 담당 편집자다. 원고를 보내면 돌아오는 편집장의 피드백을 읽는 게 좋다. 자극이 된다.

생각해보니 이 연재가 시작되기 전에 인사를 나누고 대담을 했었다. 같이 술도 마셨다. 그때 나는 편집장에게 신문기자 시절의 뜨거운 무용담과 엉뚱하고도 인간적인 이야기를 듣고 앞으로 매주 만나 함께 일하는 것에 대해 기대감을 품었었고, 또한 첫 독자가 될 편집장으로 하여금 매주 내 글을 기대하게 만들고 싶다는 욕심도 품었었다.

물론 편집장뿐만 아니라 독자 여러분이 읽어주길 바라는 마음으로 쓰고 있다. 여러분이 이 책을 읽고 '이 사람도 실수를 하고 바보짓도 하고 수많은 좌절을 겪으며, 그래도 열심히 살고 있구나. 나도 분발하자'라며 힘을 내거나 '이 사람도 참 어설프네. 되는 대로 사는 것 같군. 오히려 내가 낫다. 왠지 마음이 편해졌어' 하고 위로받으면 좋겠다. 내가 겪었던 놀라운 일이나 신기한 사건, 마음이 따뜻해진 경험 등 다양한 이야기들이 누군가의 상처 입은 마음을 치유해주거나, 혹은 한바탕 웃게 하여 스트레스라도 풀 수 있게 해주면 좋겠다고 생각한다. 그와 동시에 누가 이걸 읽어줄까? 하고 걱정도 한다.

그렇기에 편집장은 얼굴이 보이는 소중한 독자이자, 같은 방향을 바라보는 동료다. 때로는 "이번엔 이런 글을 읽고 싶어"라고 조언해주는 고마운 존재.

이번에 책으로 펴내기로 하면서 〈선데이 마이니치〉 편집장과 단행본 담당자와 셋이 만나 회의를 했다.

"연재한 지 3년이라 많이 쌓여 있어요."

담당자의 말에 고개 숙인 나. 참으로 면목이 없다.

"죄, 죄송합니다."

"아, 아뇨, 그런 뜻은 아니에요."

"자, 어느 글을 선택할까?"

제일 먼저 소매를 걷어붙인 사람은 편집장이었다.

나이 차도 나고 성별도 다른 담당자와 편집장이 각자의 취향에 따라 좋아하는 글을 골라갔다.

"나는 역시 오캉 이야기가 좋았어. 문손잡이마다 팬티를 걸어두고 말린 이야기라든지."

"저는 결혼이나 취업에 실패한 이야기도 넣고 싶네요. 33개 회사에 지원하여 떨어졌다는 글, 누구라도 읽으면 위로가 되잖아요. 대학입시에 실패한 이야기도 좋고요."

어쩐지 이 편집자는 남의 실패담을 좋아하는 모양이다. 나도 바라는 바다.

각자 관점이 다르고 상정하는 독자가 다른데도 두 사람의 의견이 일치하는 이야기가 있었다.

"아무래도 술 취한 이야기는 넣고 싶군. '기억이 없다'도 재미있었고."

"저도 그건 빼서는 안 된다고 생각해요. 만취를 주제로 챕터를 하나 만들까요?"

"……."

헤아려보니 술로 인한 실패담이 일곱 개나 되었다. 그래서 말했다.

"이 중 몇 개만 넣을 거죠? 전부 다 넣으면 독자들이 나를 술꾼으로 생각할까 봐……."

어머, 그래요? 하고 담당자는 아쉬워했지만, 아버지뻘인 편집장은 고개를 끄덕이며 수긍해주었다.

"에리도 아직 결혼 전이니. 조금 봐줄까?"

역시 나를 걱정해주고 행복을 진심으로 빌어주는 사람은 편집장밖에 없다고 생각했다. 다음 순간, 편집장이 말했다.

"그 단식했다는 이야기는 넣자. 숙변이 우르르 나왔다는 글."

"……."

과년한 여성이라면, 결혼하고 싶은 여자라면, 절대 책에 실으면 안 되는 글이다.

　"맞아요, 그 글 재미있었죠! 3회분 전부 넣읍시다!"

　담당자가 동조하니 편집장이 덧붙인다.

　"반응이 엄청났었지, 그 숙변 이야기. 나도 해보고 싶다고 말이야. 그 선생님 연락처 가르쳐달라는 문의가 쏟아졌었어."

　"……."

　담당자도 한마디 거든다.

　"그 술 취한 이야기도 반응이 대단했죠. 어떻게 하면 필름이 안 끊기는지 가르쳐달라고 했던 글. 그랬죠? 편집장님."

　"맞아, 맞아. 에리가 가게 안의 모르는 사람들 무릎에 올라타고 다녔다면서, 필름 안 끊기는 방법 없을까요? 라고 물었던 글. 그때도 편지가 몇 통 왔었지. 그러니까 과음하지 마! 라고 야단친 것도 있었고……."

　"그랬죠……."

　하지만 많이들 읽어주시고 편지도 보내주셔서 기쁜 마음이 더 큰 게 사실이다.

　"인디언 의식에 참가했던 이야기도 반응 좋았어."

　"에리 씨는 영적인 타입이 아닌데도 그런 일에 자주 휘말리네요."

정말 그렇다. 또 그런 이야기를 실으면 보통 사람이 아니라고 오해할까 봐 두렵기도 하다. 회의가 끝날 무렵, 두 사람이 말했다.

"좋은 책으로 만들어봅시다. 책은 남는 거니까."

"맞아요! 좋은 책으로 만듭시다."

'좋은 책으로 만듭시다'가 내 귀에는 '부끄러운 책으로 만듭시다! 에리 씨가 결혼도 못하게끔!'이라는 말로 들렸다.

크리스마스라는 것은

올해도 크리스마스가 무사히 지났다. 이 나이가 되니 크리스마스 따위 의식하지 않게 되는 것 같아 쓸쓸하다. 모델인 도미나가 아이 씨가 진행하는 방송 프로그램에 출연했다. 모델인 미치바타 안젤리카 씨와 평범하기 짝이 없는 내가 게스트로 나란히 출연하여 여자들만의 토크쇼를 선보였던 무시무시한 프로그램. 크리스마스 전에 녹화를 했다. 당연히 크리스마스에 관한 추억과 올해 크리스마스에는 뭘 하느냐는 이야기가 나왔다.

"연애는 늘 하고 싶죠" "설레고 싶어요"라고 말하는 두 사람 앞에서 나는 딱히 그런 생각이 들지 않아, 사느라 지쳤나? 아니면 나이를 먹었나? 하고 탄식했다. 나이 들어도 연애를 하고 싶어 하고 설렘이라는 감정을 늘 추구하는 사람이 있다. 역시 나이 탓으로 돌려선 안 된다. 나는 언제부터 크리스마스가 다가와도 두근거리지 않게 되었을까?

나도 과거에는 크리스마스다운 크리스마스를 동경했다. 오모테산도의 일루미네이션 아래를 손을 꼭 잡고 걷는다든지, 분위기 좋은 레스토랑에서 이브 한정 디너 코스를 즐기며 대화를 나눈다든지.

그런 장면을 어떻게 상상했지? 어디서 영향을 받았을까? 영화? 드라마? 책? 아마 드라마였을 거다. 하지만 현실은 달랐다.

"나는 크리스찬이 아니라 크리스마스와는 상관없어. 라면이나 먹고 싶네"라는 말을 듣고 그가 아르바이트하는 아사가야로 가서 근처 라면 가게에 들어갔다. 여섯 명이 들어가면 꽉 차는 작은 공간에서 아저씨들이 라면을 먹으며 선반 위에 놓인 텔레비전을 보고 있었다.

"생맥주 마실 거지?"

그의 말에 나는 힘없이 고개를 끄덕였다.

얼음처럼 차가운 생맥주가 나오자, 그가 내 잔에 자기 잔을 쨍 부딪치며 말했다.

"메리크리."

나도 말했다.

"메리크리."

탄탄면이어서 눈물이 났는지는 잘 모르겠다. 모처럼 애인이 생겼는데 역시 여자가 동경하는 크리스마스는 나하고 인연이 없다는 사실만 확인했다. 나는 내 인생을 원망했다.

또 다른 애인과의 크리스마스. 이브에 그의 집에서 만나 어딘가로 가기로 했다. 집에 도착하자마자⋯⋯.

"아, 미안한데, 가구 옮기는 거 좀 도와줄래?"

그는 이미 테이블 한쪽을 들고 있었다. 나도 급히 반대쪽을 들고 영차영차 옮기기 시작했다. 그런데 왜 하필이면 이브에? 갑자기 생각났더라도 다음에 하면 되잖아. 이렇듯 내가 사귀었던 사람은 다들 이브에 관심이 없었다.

"어, 이브? 그게 중요해?"

내가 늘 특이한 사람을 좋아했기 때문에 어쩔 수 없었던 걸까. 새단장은 자정이 지나서야 마무리되었다. 내 표정이 시무룩한 걸 뒤늦게 알아차리고 "아, 어디 갈까?"라고 한다.

내가 말했다.

"됐어. 이브도 지났는데 뭐."

자정이 훌쩍 넘은 시각이었다. 그가 내 기분을 살피며 "오모테산도에라도 나가볼까?"라고 한다.

나가보니 오모테산도도 이미 깜깜했다. 당연하다. 새벽 1시인데⋯⋯.

"아⋯⋯ 일루미네이션 끝났나⋯⋯."

그도 미안했는지 "근처에서 맛있는 밥이라도 먹자"라고 한다.

하지만 보이는 곳마다 영업은 끝났고, 간신히 열려 있는 곳을 찾았다 해도 모두 만원.

"빈자리가 없어요."

당연하잖아? 다들 크리스마스를 위해 오래전부터 예약해두거든! 하는 듯한 점원의 표정.

가게 찾기에 지친 내가 말했다.

"그냥 가자. 편의점에서 빵이나 사 먹자."

아, 참, 하면서 나는 가방에 챙겨뒀는데 창피해서 꺼내지 못했던 산타 모자 두 개를 집어 들었다.

"이거라도 쓰고 가자."

둘이서 모자를 쓰고 컴컴한 오모테산도를 걸어 막차를 타고 돌아왔다. 가구 옮기고 오래 걷느라 피곤하여 산타 모자를 쓴 채 깊이 잠들어버린 것이 크리스마스에 얽힌 추억 중 하나.

도미나가 씨와 미치바타 씨는 크리스마스에 애인이 "최고로 멋진 야경을 보여주고 싶어"라며 헬기를 태워준 적이 있다고 한다. 역시 미인에다 스타일 좋은 사람의 크리스마스는 다르구나, 고급스럽네, 하고 감탄했다. 그런데 옛날 같으면 부러워했을 텐데 지금은 함께 있을 수만 있다면 라면이라도 좋고 깜깜한 오모테산도라도 좋은 건 왜일까?

오히려 소박하고 조금은 울적해야 크리스마스 분위기가 나는 것 같다. 겉치레보다 친숙하고 일상적인 이벤트가 나한텐 편하다.

올해 크리스마스는 엄마와 보냈다. 출장 갔다 돌아오는 길에 역 지하상가에서 산 부쉬 드 노엘을 메인으로 몇 가지 음식을 차리고, 이 추운 날씨에 베란다에서 양초를 켜고 먹었다. 오캉도 나도 다운파카와 목도리를 두르고 마치 스키 타러 온 것 같은 차림으로 먹었다. 오캉은 양초를 잡고 "따뜻하다" 하고 눈물지었다.

술이 들어가자 점점 추위를 잊고 한밤중의 파티를 즐길 수 있었다. 하나둘 투입한 수많은 촛불로 둘러싸인 공간이 신비롭기보다는 그냥 여기저기서 타고 있는 느낌이었다.

"즐거운 크리스마스네."

오캉이 불쑥 중얼거렸다.

음식을 잔뜩 넣은 오캉의 입 주위에 초콜릿 크림이 묻어 있다. 애 같다. 부모는 나이가 들면 아이 같아진다.

"좋아하는 사람은 없냐?"

오캉이 걱정스러운 듯 물었다.

"으음⋯⋯."

그때 친구가 "홈파티 할 건데 올래?" 하고 초대한 사실이 떠올랐다. 여섯 살짜리 딸이 있는 멋진 가족이다.

"다녀와. 거기 가면 결혼하고 싶어질지도 모르잖냐. 가족이 화목하게 사는 모습 한번 보고 와."

오캉이 "나는 안 갈 거야"라고 하여 잠시 엄마 혼자 두고 다녀왔다.

친구가 부른 친구들 모두 처음 만나는 사람들이었다. 밥이 모자라 피자를 배달시켰다.

30분 후 벨을 누르고 들어온 산타 복장의 피자 배달부가 쑥스러운 듯이 "메리 크리스마스"라고 했다.

아마도 위에서 시키는 대로 인사했을 것 같은 피자 산타에게 우리도 자연스럽게 답했다.

"수고 많으시네요. 그래도, 메리 크리스마스."

크리스마스구나, 라고 생각했다.

크리스마스는 역시 주변에서 느껴야 한다는 걸 새삼스레 깨달았다.

읽어주셔서 감사합니다. 왠지 죄송하네요……. 읽을 만한 이야기였나요? 이런 게 과연 재미있을까, 하고 의문스러워하면서도 또 염치없이 에세이를 내고 말았습니다.

처음 출판한 책은《살아 있는 콩트(원제 : 生きるコント)》였습니다. 매일 열심히 사는 것 같은데 노력하면 할수록 묘한 일에 휘말려 '왜 이렇게 됐지!?' 하고 눈물을 삼킨 이야기……. 하지만 시간이 지나 되돌아보니 그런 비참한 일도 슬픈 일도 '콩트'였다는 생각이 드는 겁니다.

'재미있다', '이야깃거리가 되겠다'라고 생각하면 조금 나은 인생인 것처럼 느껴지기도 하고……. 무엇이든 생각하기 나름, 마음먹기 나름이죠.

인간은 나이를 먹어도 크게 변하지 않는 모양입니다.《살아 있는 콩트》,《살아 있는 콩트 2》로부터 5년이 지나《그럭저럭 살고 있습니다》를 출간하기로 하면서 다시 읽어보았는데, 여전히 추하고 흉하고 꼴사납게 살고 있는 겁니다. 오싹했습니다. 정말이지 조금 더 스마트하게 살 수 없는 걸까요…….

'《살아 있는 콩트 3》은 안 나오나요?'라고 문의해주신 분들은 이 책으로 만족해주셨을지…….

《살아 있는 콩트》에는 꽤 오래전 이야기, 그러니까 학생시절 이야기가 많습니다. 그에 비해《그럭저럭 살고 있습니다》에는 삼십 대 이야기가 많다고 할까요? 옛날이야기는 별로 없어요. 현재를 살아가는 나날의 따분한 이야기들. 이거, 책으로 나와도 정말 괜찮은가요?

예전에는 독자 여러분이 나의 어설픈 일상에 관한 이야기를 읽고 '아아, 이 사람보다는 내가 낫다'라고 편하게 받아들여주면 좋겠다고 생각했습니다. 그런 신조가 있었기에 나의 치부를 만천

하에 드러낼 수 있었다고 할까. 그런데 지금은 그런 생각조차 하지 않게 되었습니다.

하루하루 처량하게 살아가는 이야기를 그저 찔끔찔끔 흘리고 있는 것만 같은…….

그래도 《살아 있는 콩트》가 출간되었을 땐 말이죠, '등교 거부를 하던 아이가 이 책을 읽고 학교에 가게 되었습니다!'라는 감상도 받았고(왜? 하고 생각했습니다만), 그리고요, '입원 중에 이 책을 읽고 힘을 얻은 경험이 있기 때문에, 병문안을 갈 때는 반드시 이 책을 선물로 갖고 갑니다!'라는 편지도 받았고, 병원 원장 선생님이 이 책을 한 상자나 사주기도 했고요……. 혹시 아픈 사람에게 효험이 있는 걸까요?

나의 이런 하찮은 이야기가 누군가에게 힘이 되어줄 수 있다면 그보다 기쁜 일도 없을 텐데, 이 에세이 《그럭저럭 살고 있습니다》도 과연 그런 역할을 해줄지 걱정입니다.

환호성을 지르며 반응해주는 라이브 공연과는 달리 내가 하는 일인 글쓰기에는 즉각적인 반응을 기대할 수 없으니 애가 탑니다.

조용히 출판하고, 내 방에 콕 처박혀, 어땠을까? 하고 전전긍긍하다가, 이제 그만 생각하자, 분명 누군가는 재미있게 읽어줄 거야, 하고 잊고 지내기로 합니다. 아니, 이렇게 부정적인 후기라니! 내가 써놓고도 놀랐습니다.

〈선데이 마이니치〉에 매주 연재하며 오랜 기간 원고지와 씨름했습니다. 음, 글쓰기를 씨름에 비유해도 되는 걸까요? 아무튼 이책을 펴내기 위해 담당인 후지에 씨와 편집장이 내 글에 엄청나게 많은 빨간 줄을 그었습니다. 여기서 빨간 줄은 그냥 색깔을 말하는 게 아닙니다. 수정, 가필했다는 뜻이죠. 대폭 수정했습니다.

교정지 사진을 싣고 싶을 정도로.

어쩌다 옆에 있던 친구가 끙끙거리며 교정지를 살피는 나를 보고 "그 정도면 새로 쓴 거네"라고 했을 정도로 새빨갛습니다.

아마 편집장은 내심 '어이, 어이, 이렇게 고쳐야 하다니. 매주 지면에 실은 글은 대체 뭐였어?' 라고 생각했겠지요. 하지만 오해 하지 마십시오. 매주, 바로 이거야! 싶은 글을 냈습니다. 책으로 낸다는 건 역시 마음가짐부터 다르니까요.

연재는 페이지 수와 글자 수가 정해져 있지만 단행본이라면 글자 수를 늘려도 좋고 줄여도 좋고 자유롭습니다. 아, 이런 것도 넣어볼까? 라거나, 좀 더 속도감 있게 진행되면 더 재미있겠다거 나, 몇 번을 읽어도 므흣 웃을 수 있는 책으로 만들고자 정성을 들 여 멋을 부립니다. 몇 번이나 읽어주실지, 이 부분이네요. 내가 중 요하게 생각하는 것은.

그런 마음으로 수정했기에 이 책이 출간된 지금, 무척 기쁩니다. 정성스럽게 만든 도시락 같습니다.

책 제목처럼 그럭저럭 살고 있는 지금, 완성했다는 기쁨으로 충만하다가도, 여러분이 어떻게 봐주실지 전봇대 뒤에서 부들부들 떨며 지켜보고 있습니다. 무섭다!

연재글을 읽었다는 독자께 이런 편지를 받은 적이 있습니다.

'매주 빠뜨리지 않고 읽다 보니 이제 알겠습니다. 그럭저럭 살고 계신 줄 알았는데, 어떻게든 살고 계시는 것이었네요.'

그럭저럭 사는 줄 알았다니……. 나는 어떤 이미지일까요? 정말로 그런 이미지인가요? 하지만 그것도 틀린 말은 아닙니다.

그럭저럭 살면 안 되는 거죠. 좀 더 적극적으로 '이렇게 되고 싶다!'든가 '이런 일을 하고 싶다!'든가, 뜻을 크게 품고 살아야 하는데 그럭저럭 사니까 이렇게 뭔지 알 수 없는 인생이 되어버린 겁니다. (위험하다, 또 부정적 사고?) 하지만 어쩔 수 없습니다. 그렇게 사는 사람이 주위에 하나쯤 있어도 괜찮지 않겠습니까? (위험해, 부정적 사고를 넘어 갑자기 대담해졌어.)

사람들에게 "뭐 하는 분인가요?" "본업이 뭐죠?" "대체 어떻게 살고 싶나요?"라는 질문을 종종 받는데, 대답도 못하고 고개만 푹 숙이는 사람이 하나쯤 있다 해도 좋지 않을까요…….

뭐 하는 사람인지도 모르겠고 이렇다 할 장점도 없지만, 그래도 저는 오늘도…….

"그럭저럭 살고 있습니다!"

오미야 에리, 당신이란 사람은 대체……

"뭐 하는 분인가요?"

오미야 에리 본인은 그런 질문을 받을 때마다 대답도 못하고 고개만 푹 숙인다지만, 만약 내게 묻는다면 그녀를 수식할 만한 단어가 너무 많이 떠올라 오히려 난감해질 것 같다. 시나리오 작가, 광고 제작자, 영화감독, 에세이스트, 카피라이터, 연출가, 라디오 진행자……. 다양한 분야에서 폭넓게 활약하며 이따금 좌충우돌 엉뚱한 실수를 저지르면서도 뭘 하든 똑 부러지게 해내는 다부진 에리 씨. 직업을 특정할 수 없을 정도로 업종 간의 벽을 자유자재로 넘나들며 끼를 발산하고 있지만, 아직 우리에겐 오미야 에리라는 이름이 낯설다. 〈삼색털 고양이 홈즈의 추리〉라는 드라마의 각본을 썼고, 영화 〈바다에서의 이야기〉의 감독이라고 소개하

면 혹시 아시는 분이 있을까? 이 작품《그럭저럭 살고 있습니다》
는 한국에 소개되는 그녀의 첫 에세이다.

한국 나이로 43세. 그녀의 독특함은 현재뿐 아니라 과거를 통
해서도 드러난다. 아버지의 병을 낫게 해주고 싶은 마음에 도쿄
대 약학부로 진학했지만 실험용 쥐에게 주사를 놓을 때마다 괴로
웠고 졸업 직전 적성에 맞지 않다는 걸 깨끗이 인정했다. 마음속
으로 동경해왔던 리우 카니발이 마침 약사 국가시험 날짜와 겹쳐,
'친구들이 열심히 시험을 치는 동안 나 혼자 지구 반대편에서 춤
을 춘다면 얼마나 멋질까'라고 상상하며 브라질로 날아간 전력이
있다. 약대 졸업생이지만 약사 자격증을 따지 못한 이유다. 그 후
종합상사, 자동차 제조업체, 가스회사 등 33개사에 지원했다가 모
조리 떨어졌고, 어떤 직업이든 좋으니 회사원만 되면 좋겠다고 생
각한 시기가 있었다.

그럼에도 늘 밝고 유쾌한 에리 씨. 초등학교 4학년 때 왕따를 경험한 후로, 일단 많이 웃고 재미있게 행동하면 친구들이 따돌리지 않는다는 걸 알고 그에 맞춰 노력하다 보니 저절로 이런 성격이 되었다고 어느 인터뷰에서 털어놓은 적이 있다.

술에 취해 기억을 잃는 건 다반사고, 지갑 없이 택시를 탄 일도 한두 번이 아니고, 메밀국수를 2분 만에 도시락은 5분 만에 후루룩 마시는 스킬을 시전하고……. 보통 사람이라면 나중에 '이불킥'을 하게 될 민망한 순간도 주인공이 에리 씨라면 그저 평범한 일상의 한 장면으로 순화되는 건 왜일까? 같은 시대 같은 세계에 살고 있지만 지표면에 붙어사는 보통 사람과 달리 성층권을 부유하는 미세입자처럼 가볍게 인생을 건너는 바람 같은 사람이다.

이런 일상을 공유해줘서 고맙다. 오미야 에리의 '자폭'에서 유쾌한 위로를 얻는다. 그녀의 소원대로 '아아, 이 사람보다는 내가 낫다'라고 편하게 받아들이는 것이 오히려 이 책에 예를 표하는 적절한 방식인 것 같아 어리둥절하다. '팔로우' 버튼을 누르기만 하면 바로 친구가 될 수 있을 것 같은 친근감이 저자와 독자 사이의 벽을 무너뜨리고 '우리'라는 단어로 우리를 묶어준 결과다.

앞으로 얼마나 더 흥미로운 이야기를 들려줄지 기대하는 마음으로 기다린다. 좀 더 독특하게, 좀 더 엉뚱하게, 좀 더 괴이하게 살아줬으면 좋겠다는 바람은 그녀의 글을 기다리는 유별난 독자의 솔직한 속내다.

2017년 5월 이수미

그럭저럭 살고 있습니다

1판 1쇄 인쇄 2017년 6월 30일
1판 1쇄 발행 2017년 7월 7일

지은이 오미야 에리
옮긴이 이수미
펴낸이 김성구

책임편집 나성우
단행본부 박혜란 김민기 김동규
저작권 이은정
디자인 홍석훈 문인순
제 작 신태섭
책임마케팅 최윤호
마케팅 송영호 유지혜
관 리 노신영

펴낸곳 (주)샘터사
등 록 2001년 10월 15일 제1-2923호
주 소 서울시 종로구 대학로 116 (03086)
전 화 02-763-8965(단행본부) 02-763-8966(영업마케팅부)
팩 스 02-3672-1873 **이메일** book@isamtoh.com **홈페이지** www.isamtoh.com

표지, 본문 그림 ⓒ 정혜선
한국어 판권 ⓒ (주)샘터사, 2017, *Printed in Korea*.

ISBN 978-89-464-2061-8 03830

이 도서의 국립중앙도서관 출판시도서목록(CIP)은
e-CIP 홈페이지(http://www.nl.go.kr/cip.php)에서 이용하실 수 있습니다.(CIP제어번호: CIP2017014035)